［日］川端康成 著

高慧勤 译

林田 绘

美丽与悲哀

湖南文艺出版社

图书在版编目（CIP）数据

美丽与悲哀 /（日）川端康成著；高慧勤译；林田绘. -- 长沙：湖南文艺出版社，2023.1
ISBN 978-7-5726-0758-5

Ⅰ. ①美… Ⅱ. ①川… ②高… ③林… Ⅲ. ①长篇小说—日本—现代 Ⅳ. ①I313.45

中国版本图书馆CIP数据核字(2022)第143713号

美丽与悲哀

MEILI YU BEIAI

著　　者：〔日〕川端康成
译　　者：高慧勤
绘　　者：林　田
出 版 人：陈新文
责任编辑：耿会芬
封面设计：Mitaliaume
内文排版：钟灿霞

出版发行：湖南文艺出版社
（长沙市雨花区东二环一段508号 邮编：410014）
网　　址：http://www.hnwy.net
印　　刷：长沙超峰印刷有限公司
经　　销：新华书店
开　　本：880mm×1230mm　1/32
印　　张：9.5　12幅彩色插图
字　　数：130千字
版　　次：2023年1月第1版
印　　次：2023年1月第1次印刷
书　　号：ISBN 978-7-5726-0758-5
定　　价：58.80元

（若有质量问题，请直接与本社出版科联系调换）

目 录
Contents

除夕钟声 1

早春 29

满月祭 67

梅雨天 95

石景——枯山水 117

火中莲花 143

青发千丝 181

苦夏 225

湖水 253

除夕钟声

东海道线特快列车"鸽子号"的观光车厢里,有一侧的窗旁,摆了五把转椅,大木年雄发现,只有尽头的一把,随着列车的震动,径自悄没声儿地转悠。大木一直盯着,眼睛始终没离开。他坐的这一侧,椅子扶手低,不能动,当然也转不了。

车厢里只有大木一人。他身子深深埋在扶手椅里,瞧着对面的一把转椅转来转去。椅子不是按一个方向转,转的速度也没个准儿。一会儿快一会儿慢,时而停下来不动,时而又朝反方向转去。总之,大木独自在车厢里,望着面前的一把转椅独自转来转去,不禁引发心头的寂寞，以至遐想连连。

时值腊月二十九。大木是专程去京都听除夕钟声的。

每年的大年夜，大木都听收音机里的除夕钟声，这习惯也不知有几年了。自打几年前开播这个节目以来，恐怕他年年都听，未曾间断过。日本各地有名的古刹钟声，配以播音员的旁白解说，广播于辞旧迎新之际。所以，播音员的话语也往往是美词丽句，感叹颂赞。古老的梵钟，间隔着撞响，徐缓地传来，袅袅的余音蕴含着对时光流转的追思，透露出日本自古以来那幽雅的情趣。北国寺院的钟声一响，随后便听见九州各地的钟声，而每年除夕，总是以京都各寺的钟声殿后。京都寺院众多，有时收音机里会数寺钟声并起，交相争鸣。

播放除夕钟声的时刻，尽管妻子和女儿还在忙碌，或在厨房准备正月的菜肴，收拾东西，或是打点衣物，插花布置，大木却总是坐在起居室里听收音机。随着除夕的钟声，不禁回想起即将逝去的一年而颇多感慨。那感慨因年而异，有时激越，有时痛苦；有时也会因悔恨和悲痛而自责。播音员的话语和声调带着感伤，有时虽让人反感，但钟声却打动他的心弦。几时能在京都过除夕，不必通过收音机，亲耳听听各处的古刹钟声，是他心驰神往已久的事。

于是，今年岁暮，他遽然决然，作京都之行。而且私心里还萌生一个念头：同家住京都的上野音子久别重逢，共听除夕之钟。音子搬到京都之后，与大木几乎音讯杳然。不过，作为日本画画家，时下俨然自成一家，似乎依旧独身过活。

因为是一时心血来潮，再说事先定下日子预购车票，也不合大木的脾气，所以，大木没买快车票便从横滨上了"鸽子号"观光车。心想，年终岁暮，东海道线也许很挤，但与观光车里的老服务员颇熟，总能设法给找个座位。

"鸽子号"去时，午后由东京发车，经过横滨，傍晚到达京都；回来也是午后由大阪发车，经过京都，对惯于晚起的大木比较合适。因此，往返京都，大木经常乘坐"鸽子号"，二等（那时分一等、二等、三等）

车厢里的女服务员也大多都认识大木。

一上车,没料到二等车厢格外空。或许是岁尾二十九,乘客少的缘故。到了三十和三十一,该又挤起来了吧。

大木凝望着那把自动旋转的椅子,无意中沉入关于"命运"的思绪里。这时那位老服务员送茶来了。

"只有我一个人吗?"大木问。

"哎,有五六位。"

"元旦挤不挤?"

"不挤,元旦很空。您元旦回去?"

"是啊,元旦得回去……"

"那我先给您安排好。元旦我不值班……"

"拜托了。"

老服务员走后,大木四处打量了一下,尽头那把靠椅脚下,放着两只白皮箱。四四方方,略微薄些,款式新颖。白皮面上带有浅茶色的斑点,是日本少见的上等货。椅座上还搁了一只豹皮制的大手提包。物主大概是美国人吧,好像到餐车去了。

窗外，杂木林在暖融融的浓雾中逝去。浓雾之上，远处的白云间，闪耀着一缕微光，仿佛是从地面映射上去的。随着列车奔驰，天气逐渐晴朗。阳光从车窗射进来，一直照到地板上。车过松山，地上散落着一片松叶。有一丛竹林，叶子已经枯黄。波光闪闪，拍打着黑色的海角。

从餐车回来的，是两对中年美国夫妇，等列车驶过沼津，望得见富士山的时候，便立在窗旁频频拍照。可是，待到整个山容连同山脚都一览无余时，他们反而背对着车窗，许是拍照拍累了吧。

冬天日短，河面上泛着凝重的银灰色的光，大木目送着河水远去。一抬头，正对着落日。不大一会儿，从黑云的弓形云隙中，冷冷地漏出白色的余晖，久久不见消失。车厢内，早已点上了灯，不知什么缘故，转椅全都转了半圈。但是，一直转个不停的，依旧只有尽头的那一把。

到了京都，直奔京城饭店。心里寻思，说不定音子会到饭店来，便要了一间安静些的房间。电梯似乎上到六七层，但因饭店是盖在东山的陡坡上，顺着长廊往里走，直到尽头还是一层。沿走廊的各个房间都鸦雀无声的，许是压根儿没住客。可是，过了十点钟，两边的房间响起外国人的声音，忽然间嘈杂起来。大木去问值班的服务员。

"有两家人，光小孩子就有十二个。"服务员回答说。十二个孩子不仅在房间里大声说话，还在彼此的房间里窜来窜去，在走廊上乱跑乱闹。空房间本来很多，为什么偏叫大木受这份夹板罪，两边安排这样吵闹的客人呢？不过，大木转念一想，好在是孩子，待会儿就会睡的，开头还不以为意。然而，恐怕是出来旅行，让小孩子也兴奋难眠，总也静不下来。尤其在走廊上跑来跑去的脚步声，十分刺耳。大木干脆从床上爬起来。

并且，两边房间里外国话的絮聒，反使大木感到孤寂。"鸽子号"观光车厢里的那把独自旋转的转椅，又浮上他的脑海。觉得好似看到内心的孤独，在无声地回旋。

大木是为听除夕钟声，与上野音子相会才来京都的。可是，音子与除夕钟声，究竟哪一个是主要的，哪一个是附带的呢？他要再推究一下。除夕钟声那是准能听到的，可音子，却未必能见到。那准能办到的，不过借口而已，未必能行的，岂不是他衷心企盼的？大木是想与音子同听除夕钟声而来京都的。原以为这不难办到，会如愿以偿才动身的。然而，大木与音子之间，却横亘着一段漫长的岁月。虽说音子至今未嫁，一直独身，但她肯不肯同昔日情人相会，能否把她约出来，其实大木自己又何尝知道？

"不，她那个人……"大木喃喃自语。"她"会变得怎样？眼下如何？这终非大木所能知道的。

音子好像租了寺院的厢房，与女弟子一起生活。大木曾看到一本美术杂志上登的照片，那厢房似乎不止一两间，倒像是一户人家，当作画室的客厅也挺宽敞。院子里也颇有情致。她的姿势是正握着笔，低头作画，但从前额到鼻梁的线条来看，错不了，准是音子。人到中年却还没有发福，风韵犹存。这幅照片使大木感到，还未及回忆往日的温馨，已先自有股逼人之气：责备大木剥夺了她为人妻做人母的权利。当然，这种逼迫感，在看到杂志上这张照片的人中，唯有大木才会有。与音子关系不深的人眼里，或许她只是一个搬到京都，具有京都风致的漂亮女画家罢了。

大木原想二十九日晚上就算了，待第二天三十日，再给音子打电话，或径自去她家造访。但是，早上给外国孩子吵醒后，他又畏缩起来，游移不决。心想，还是先写封信吧，便坐到桌前。可提起笔来，竟不知如何开头才好。望着客房备下的便笺仍是一张白纸，转念又觉得，不见音子也罢，独自听过除夕钟声便回去。

两边房间的孩子，老早就把大木吵醒了，等两家外国人离开之后，他又睡了下去，起来时已快十一点了。

大木慢慢地打领带，不禁想起：

"我给你打。让我来……"音子说话时的情景。——这是十六岁的少女，被夺走童贞之后的头一句话。大木还一直没有开口，他无话可说，只是温柔地将她的背搂过来，轻抚她的秀发，始终不做一声。

从他臂膀中脱出来,先穿戴好的,是音子。大木站起身后,音子一动不动,抬头看着他穿衬衫,打领带。一双眸子温润而没有泪水,却晶莹发亮。大木躲着她那双美目。方才接吻时,音子也睁着眸子,大木把嘴凑上去,让她两眼闭拢。

音子说,我给你打领带,声音透着少女的妩媚。大木放下了一颗心。这倒真是意想不到。与其说是宽宥大木的表示,或许是要摆脱眼前的自己也未可知。她的手打着领带,动作轻柔。似乎打得不顺手。

"会打吗?"大木问。

"我想会的。我看过爸爸打领带。"

——音子的父亲,在她十二岁那年去世了。

大木坐到椅上,把音子抱到腿上,扬起下巴,让她好打些。音子略微挺胸,有两三次刚打好又解开。然后说:

"得,宝贝儿,好了。这样行吗?"说着,从腿上下来,手指搁在大木的右肩上,端详着领带。大木站起来,走到镜子前面。领带打得相当好。他用手掌使劲搓了搓带些油腻的脸。他没脸去瞧侵犯了少女之后的自己。镜子里，映出少女的面庞，正朝这边走来。她那清新妩媚而又楚楚可怜的美丽，令大木一凛。那是这种场合难得见到的美，大木为之惊讶，一回头，少女的一只手搁在大木的肩上：

"我喜欢你。"说了这么一句，便将脸轻轻靠在大木的胸前。

十六岁的少女喊三十一岁的男人为"宝贝儿"，大木觉得妙不可言。

——尔后二十四年过去了。大木已经五十五，音子也该有四十了。

大木洗过澡，打开房里的收音机，广播说今早京都已经结冰，并预报今冬天暖，正月里天气也会是温暖的。

大木在房间里只吃了一点吐司和咖啡，便乘车出去了。今天依旧下不了决心去看音子。他茫无目的，便决定到岚山转转。由车里看出去，从北山到西山，一座座小山连绵起伏，有的向阳，有的背阴，山容虽总那么柔和浑圆,却显出京都冬天特有的清寒。向阳的山上,日色惨淡,看似已近黄昏。大木在渡月桥前下了车,没过桥,顺着河边的路向上走去,路通到龟山公园的山脚。

由春到秋,游人如织,热闹喧腾的岚山,到了岁末的三十这天,竟然杳无人踪,与平日的情景大不相同。仪态清幽,呈现出岚山的本色。潭水一碧清澄。筏上的木材,装到河畔卡车上的声音,远远地传了开去。朝河的这边,一般所见到的岚山的正面,恰是山阴,山势向河的上游倾斜,只在山脊上尚有一线余晖。

大木打算一个人在岚山静静地吃顿中饭。以前来过的餐馆有两家,然而,离渡月桥较近的那家关门休息了。大年三十,该不会有客人特意跑到冷清萧索的岚山来吧?大木心里嘀咕,河上游那家小小的老店,恐怕也不会开门吧?一边慢慢地走着,倒不是非要在岚山吃饭不可。等他登上古旧的石阶,一个瘦小的女人说,家里人全进城去了。

"都不在。"她回绝了他。竹笋上市时节,在这家店里曾吃过笋片煮鲣鱼干,那是几年前的事呢!大木回到河边的路上,又登上通向隔壁一家店的石阶,看见一位老婆婆正在扫枯落的红叶。"店大概还开着吧。"老婆婆回答道。大木站在她身边说:"真静啊。"老婆婆便说:

"连对岸的人声都听得清楚着呢。"

那家餐馆宛如掩藏在半山腰的树丛里,屋顶上葺着厚厚的茅草,又潮又旧,门口有些昏暗。倒也不是什么正经的门,门前挡着一丛竹子。隔着茅屋顶,耸立着四五株端直的红松。大木给请进房间里,好像没什么客人。玻璃拉门前,红的是珊瑚木的果。大木看到一朵开得不当令的杜鹃。珊瑚木,竹丛,还有红松,虽说挡住了河上的风光,但叶隙露出的深潭,澄澈深沉得如碧玉翡翠一般,水面纹丝不动。整个岚山一带,也宁静似水。

大木将两肘支在炭火很旺的暖笼上。听到小鸟的鸣啭。卡车装木材的声音,在山谷里回荡。不知是出山洞还是钻山洞,山阴的汽笛声响彻群山,留下凄厉的余韵。大木想起初生婴儿孱弱的哭声。——十七岁的音子怀上大木的孩子，到八个月便早产了，是个女孩儿。

婴儿眼看保不住了，就没抱到音子身边去。死时，医生说：

"等产妇恢复一些后，再告诉她的好。"

音子的母亲于是说：

"大木先生，还是请你告诉她吧。我女儿她也还是个孩子，好不容易生下来，实在怪可怜的，只怕我不等开口就会先哭起来。"

音子母亲对大木的气愤和怨恨，因女儿生产，暂时压下去。就算大木是个有妻室的人，音子既然给他生了孩子，这位独生女儿的寡母，恐怕已没那气力，一直去责备对方、怨恨对方了。比要强的音子还要强的母亲，好像忽然之间人就垮了似的。瞒着别人偷偷生育，连生下的孩子如何处置，不都得听大木的吗？再说，怀孕期间，音子脾气暴躁，母亲一说大木的坏话，就寻死觅活吓唬人。

大木回到病房，音子转过产妇那种无怨无恨、安详清澄的眸子，随即涌出大颗大颗的泪珠，顺着眼角流下来，弄湿了枕头。大木心想，准是给她察觉到了。音子的眼泪不住地往外涌，流成两三条，有一条快流进耳朵里，大木慌忙想去揩掉。音子抓住他那只手，这才抽抽搭搭放声哭了出来。仿佛冲破水闸，抽泣得越发厉害了。

"死了，是吗？婴儿死了，死掉了！"

她肝肠寸断，翻来滚去，简直椎心泣血。大木抱着音子，紧紧压住她的胸脯。少女的乳房虽小却胀鼓鼓的，碰上了大木的胳膊。

母亲一直在门外探听动静，这时走进来叫道：

"音子，音子！"

大木并不在乎音子的母亲，犹自紧抱着音子的胸脯。

"好难受。放开我……"音子说。

"老老实实的，别动行吗？"

"老老实实的。"

大木才放开她，音子喘着气，肩膀一起一伏的。眼窝里又噙满了泪水。

"妈，要烧掉是吗？"

"……"

"连小孩也这样?"

"……"

"我出生时,头发黑黑的,妈说过的,是不是?"

"是的,黑黑的。"

"婴儿的头发是不是也挺黑?妈,给我剪下一绺留着好吗?"

"何苦呢?音子……"母亲为难地说,"音子,很快又会有的呀。"不留神说走了嘴,好似后悔似的,愁眉苦脸地扭过头去。

母亲,甚至连大木,不是私下里都巴望着,但愿那孩子能不见天日的吗?音子给送到东京郊区一家蹩脚的产院里。要是一家好点的医院,想尽办法,说不定婴儿的命能保住。想到这里,大木也不免痛心难过。送音子进产院的,只有大木一人,母亲没能来。医生是个半老的男人,一张脸喝酒喝成了猪肝色。年轻的护士用责备的目光望着大木。音子穿了一套朱红的绸衫。绷短的袖子也忘记放长。

——在二十三年后的岚山,那个头发乌黑,不足月的婴儿的面影,竟历历如在大木的眼前。她好似藏在冬天的枯木林中,沉在碧绿的深水潭里。大木击掌叫来女侍。今天大概没准备接待客人,烧菜烹肴很费功夫,这是一开始就料到的。女侍进屋后,为了拖时间吧,就斟上热茶,也坐了下来。

漫无边际的闲聊当中,女侍讲了一个男人被狐狸迷住的故事。快天亮时,那人在河里哗啦哗啦一边走一边喊:

"要死啦,救命呀!要死啦,救命呀!"

于是别人发现了他。渡月桥下,水很浅,上岸原很容易,他却在河里跌跌撞撞地兜圈子。等救醒后,说是头天晚上十点来钟,像梦游似的在山里转来转去,不知不觉竟跑到河里去了。

女侍被厨房叫去了。先上的是鲫鱼。大木慢慢地呷着酒。

临出大门时,大木又抬头望了望厚厚的茅屋顶。

长了青苔已经朽了，大木觉得别有情趣。

"遮在树下，没个干的时候呢。"老板娘说。重葺的草，还不到十年，刚八年便这样了。茅屋顶的左边，清白的半月挂在天空。正是三点半钟。大木下到河边的路上，望着翠鸟在水面上低掠飞翔。羽毛的颜色，看得很分明。

在渡月桥下，大木叫了一辆车，打算去仇野看看。那里祭祀无主孤魂的地藏王雕像和石塔一片林立，冬日的黄昏，想必会让人兴起无常之感吧。然而，到了祗王寺的入口处，一见竹林的幽森阴暗，便让汽车转了回来。他决定到苔寺绕一下再回饭店。苔寺的庭院里，只有一层枯败的松叶，倒映在池中的树影，随着人走而动。朝着沐浴赭红夕阳的东山，大木回到了饭店。

在浴室里身子洗暖之后，从电话簿上查到上野音子的号码。一个年轻女人的声音，是她的女弟子吧？音子立即接了过去：

"喂。"

"我是大木。"

"……"

"是大木,大木年雄。"

"哦,好久不见了。"音子带着京都口音说。

大木不知从何说起才好,干脆省去那些难以启齿的话,就像这突如其来的电话一样出其不意,让对方不感拘束地急口说:

"我来京都,是想听除夕钟声的。"

"听除夕钟声?……"

"能不能请你和我一起听?"

"……"

"能和我一起听吗?"

"……"

电话里,好半天没有回答。音子一定很吃惊,感到很惶惑吧?

"喂喂,喂喂……"大木喊道。

"您一个人吗?"

"一个人。就我一个人。"

音子又不作声了。

"听过除夕钟声,元旦一早便回去。想和你一起听过年的钟声才来的。我也到了这个年纪了。有多少年没见面了啊!要不是来听除夕钟声这种机会,想要见你简直说不出口,年月实在太久了。"

"……"

"明天来接你好吗?"

"不,"音子慌忙说,"我来接您吧。八点……是不是早了点儿?那就九点钟后,请在饭店里等。我先找地方订个座位。"

大木原想从从容容同音子共进晚餐,可是九点钟,已是饭后了。好在音子答应下来了。往昔记忆中音子的倩影,栩栩如生,浮现在大木眼前。

第二天,从清早直到晚上九点,一个人待在饭店里,时间显得很长。一想到是除夕三十一,就越发感到时间之长了。大木无事可做,京都虽有几个熟人,可赶上除夕这种日子,晚上又要同音子去听钟声,就谁都不想见了,也不愿意让任何人知道自己来了。餐馆虽然不少,京都的美味佳肴很诱人,他还是在饭店里，例行公事般用过晚饭。这样，大木在年终的这一整天里，充满了对音子的回忆。同样的回忆，一再地浮现，也就越发地鲜明。二十几年前的往事，反比昨天的还要鲜活，竟如同在眼前一般。

大木没站到窗旁，看不见饭店下面的街道。从窗内，隔着京都市街的屋顶，只能望见西山。而西山，也离得很近，比起东京来，京都这座城市又小又亲切。西山上空的浮云，透明之中带一抹金色，转眼间就变得阴冷灰暗，天色已经垂暮。

回忆，是什么呢？这样鲜明地印在记忆中的过去，又是什么呢？音子随着母亲搬到京都，大木曾以为和音子分开了，这固然没错，可他们果真分开了吗？一想到自己搅乱了音子的一生，使她终生不能做人妻为人母，大木就免不了要受良心责备。但一直未嫁的音子，在漫长的岁月中，对大木又是如何想的呢？即便对大木来说，记忆中的音子是个性情激越的女人，那是再也找不出第二个人来的。而且，时至今日，对音子的回忆还如此鲜明，音子又何尝离开过大木？尽管大木生在东京，可夜幕下，灯火通明的京都，使他生起故乡一般的感觉。虽说这是由于京都犹如日本的故乡，更因为音子就住在这里。大木心里很不踏实，便去洗澡，从内衣到衬衫，连领带也换过，一忽儿在房间里踱来踱去，一忽儿又对镜照照自己，就这样等着音子。

"上野先生接您来了。"门口服务台打来电话，已经九点过了二十多分。

"马上下来，请她在大厅里等一下。"大木说完，却又自言自语地，"或许请她到房间里来更好些。"

宽敞的大厅里，没见到音子。一位年轻的姑娘，朝大木走过来。

"是大木先生吗？"

"正是。"

"上野先生派我来接您。"

"唔？"大木尽量装作若无其事的样子，"多谢了……"

大木一心以为音子会来，不料给甩了。几乎一整天里，对音子的回忆是那么鲜明，现在简直迷惑不解了。

直到坐上姑娘让等在门口的汽车里,大木仍是沉默不语,隔了半晌才开口道:

"你是上野小姐的高足吧?"

"不敢当。"

"同上野小姐两人一起住吗?"

"是的,还有一个帮佣的女人。"

"是京都人?"

"我,家在东京,因倾慕上野先生的作品,一径闯上门去,承先生留在身边。"

大木转脸看了一眼那姑娘。在饭店里招呼他的时候,大木就已看出姑娘的美貌,先是看她的侧脸,细长的脖颈,和好看的耳朵。脸庞是那么艳丽,简直叫人不好意思正眼瞧去。说起话来,很文雅娴静。坐在大木身旁,显得很拘谨。大木同音子之间的事,姑娘知不知道呢?按说那还是她出生之前的事,大木心里一边寻思,一边贸然问道:

"平时也穿和服吗?"

"不穿。在家里要来回走动,多半穿长裤,很不成样子的。我跟先生说,听了钟声就到初一了,先生便让我穿上过年的衣裳。"说话之间稍微显得轻松一些。她不但到饭店来接大木,好像还要一起去听除夕钟声。这样,大木心里就明白了,音子是避免与大木两人单独相处。

汽车经过圆山公园,朝深处的知恩院方向上去。古色古香的租用客厅里,除了音子,还招来两个舞伎。这也完全出乎大木的意料。只有音子把腿伸进暖笼里,两个舞伎则隔着火盆相对而坐。女弟子跪在门口,向音子行礼说:

"我回来了。"

音子从暖笼里挪出腿:

"久违了。"对大木说,"我想知恩院的钟好些,便定在这里。可是,这里今天也休息,没办法招待什么……"

"多谢了。给你添麻烦了。"大木只能这样说。女弟子之外,还有舞伎在场。关于大木和音子之间的往事,言谈中自是漏不得半点口风,神色上也不能流露分毫。昨天音子接到大木的电话,想必是既为难又有戒心，便想到叫两个舞伎来，避免同大木单独相对，难道音子内心里对大木犹存隔阂？大木走进客厅，与音子才一见面，便觉出了这一点。可是，从这一眼，大木同时也感到自己仍在音子的心中。旁人恐怕觉察不出来。不，女弟子就生活在音子的身边，而舞伎虽说是少女，毕竟是风尘中的女子，说不定能觉出点什么。当然，谁都会装作若无其事的样子。

音子安排大木就座之后，对女弟子说：

"坂见小姐坐这儿。"隔着暖笼与大木相对。就连那个位置，音子也躲开了。她打横靠着暖笼。两个舞伎坐在音子身旁。

"坂见小姐，跟大木先生寒暄过了？"音子低声问过女弟子，然后向大木介绍说：

"住在我那儿的坂见庆子，跟她的容貌可不一样，疯疯癫癫的。"

"啊哟，先生，瞧您说的。"

"时常能别出心裁画些抽象画。看上去简直热情得可怕，带些狂气。不过，她的画很吸引我，好羡慕她呢。画起画来，人都会打战。"

女侍端来酒水和小吃，舞伎给斟上酒。

"没料到，会取这种方式听除夕钟声。"大木说。

"我想，同年轻人一起听要好些。钟一响，又该长一岁了。多寂寞啊。"音子低首垂目，说道，"像我这样的人，居然还能活到今天……"

大木不由得想起，生下的孩子死后两个月的光景，音子曾服安眠药自杀过。她是不是想起那件事来呢？——大木是得了音子母亲报的信才跑去的。是母亲让女儿跟大木分手，才出了这事，可她还是把大木叫去了。大木便在音子家里住下看护她。因注射大量针剂，大腿肿得硬邦邦的，大木一直给她揉腿。母亲则给换蒸热的毛巾，来回跑厨房。音子的内裤给脱了下来。十七岁的音子，腿原本是细长的，打针打得肿了起来，非常难看。大木手上用力，有时会滑进大腿里面。趁母亲不在的工夫，把渗出来粘糊糊的脏东西给她擦干净。大木又是自责又是心疼，眼泪直落到音子的腿上。他像祷告似的在心里念叨：无论如何也要救活她，不管怎样也决不分开。音子的嘴唇发紫。听见音子母亲在厨房里啜泣，大木站起来，走过去，见音子母亲缩着肩蹲在煤气灶前。

"活不成了，她要死了。"

"就算她死了，您一直那么疼爱她，我想，这也足够了。"

音子母亲抓住大木的手说："你也一样呀。大木，你也是一样的呀……"

一直到第三天音子睁开眼睛，大木始终不眠不休地守在跟前。音子眼睛睁得老大。

"难受。好难受呀。"她抓头挠胸地滚来滚去，也许是看见大木，喊道：

"走开，走开。不要你在这儿嘛。"

固然是两个医生尽心治疗的结果，但大木始终认为，能够救活音子的性命，自己一心一意地看护也起了作用。

对于大木的看护，母亲大概没详细告诉过音子。可是，大木至今还记得清清楚楚。比起曾经抱过音子的身体,在生死之际为她揉过的大腿,更加鲜活地浮现在眼前。二十几年后,在聆听除夕钟声的房间里,即便她腿伸在暖笼里,也能看得见。

舞伎或大木斟的酒,音子毫不犹豫地一一干尽。看来相当有酒量了。一个舞伎说,撞一百零八下钟,听说得用一个钟头。两个舞伎都没穿正式陪酒的衣裳,是一身平常打扮。腰带也不是那种垂下来的,可是质地考究,花色漂亮。头上没戴花簪,只插了一把华美的梳子。两人好像同音子是老相识,但大木不明白,何以装束这么简慢就来了。几杯酒下肚,听着舞伎满口京腔,东拉西扯,大木的心情也随着轻松起来。音子的安排该是聪明的。不错,她是避免与大木单独相处,但是,突然要同大木相会,总归希望心理上能有个准备,让情绪平静下来吧。仅仅这样坐着,两人之间也能灵犀相通。

知恩院的钟声响了。

"啊!"满座寂然。钟声过于古拙,略带破裂之音,但余音袅袅,荡向远方。隔一会儿又响起来,似乎就在附近撞的钟。

"太近了。我说起要听知恩院的钟声,有人就告诉这家好。要是离得稍微远些,在鸭川河边那里就好了。"音子对大木和女弟子说。

大木打开纸拉门一看,客厅外面的小院子下面便是钟楼。

"就在那儿啊!连撞钟都能看见。"

"实在太近了。"音子又说了一遍。

"不,挺好。每年除夕听的,是收音机里的钟声,能贴近听一次也很好嘛。"大木说,不过,确实缺少一些情趣。钟楼前一片黑乎乎的人影晃来晃去。大木关上拉门,回到暖笼前。钟声不绝于耳,一旦不再特意去听,自是蕴含一股远古时代那深沉雄厚的力量,果然不愧是古钟名品。

大木他们离开租用客厅,一路走到祇园神社,去参拜一年中的最后一个庙会白术祭。在绳子的一头点上火,晃着火绳回家的人还真不少。据说用这火绳点灶火,元旦煮年糕,是自古相传的习俗。

早春

　　大木年雄站在山丘上,出神地望着紫色的晚霞。下午一点半起,伏案给晚报写连载小说,写完了一节,刚走出家门。他家在北镰仓的山丘上。西天的晚霞在高空弥漫开来。许是暮霭吧,但紫得那么浓,还以为是片薄云呢。紫色的晚霞,大木觉得很稀罕。仿佛刷子在湿纸上横着刷过去,浓淡之间晕虚朦胧。紫色的轻柔中,孕育着将临的春意。有一处呈桃红色。夕阳似正隐藏在其间。

　　大木想起在京都听过除夕钟声,元旦乘"鸽子号"回来时,夕照之下,铁轨上闪着红光,一直红到很远的地方。一侧是大海。铁路转弯折入山阴处，红光也随之消失。列车一进山峡，骤然间便暮色苍茫。然而，铁路上的那一片红，使大木又回忆起与音子的往事。听除夕钟声，音子还带上女弟子坂见庆子，并叫来舞伎，想必是不愿与大木两人单独相处吧，但她这样做，反而使大木感到自己仍在音子的心中。从祇园神社出来，走在四条大街上，熙熙攘攘的人群中有些醉汉和年轻小伙子，他们有人上来搭讪，举起手，要去摸舞伎的云鬓。平时，京都没有这种事。大木边走边护着两个舞伎。音子和女弟子则落后一步，跟在后面。

元旦中午，大木乘上"鸽子号"，虽然觉得音子未必会来车站送他，可心里却又惦记着。这时，女弟子坂见庆子来了。

"过年好。先生说，本来应当她来送行，可每年元旦，有几家礼数上少不得，非去不成，中午还得在家恭候客人；所以，一大早就出去了。所以，就让我代她来送行，好好向您道歉。"

"哦，是吗？你还特地赶来，真是过意不去……"

大木回答说。元旦车站上乘客虽少，庆子的美丽，依然引人注目。"大年夜劳你到饭店来接，元旦又到车站来送，多承照应。"

"不客气。"

庆子穿的仍是昨晚那身和服。上面绘有千姿百态的海鸟，纷纷飘落的雪花。料子是淡青的缎子。尽管海鸟上了颜色，但依庆子的年纪来说，终究太素，作为过年的衣裳，也显得不够热闹。

"这衣裳很漂亮。是上野先生设计的？"大木问。

"不，是我自己画的，还不尽如人意。"庆子脸微微一红说。这身素净的衣裳，反把庆子那张娇艳的面庞，衬托得更加生动水灵。而且，海鸟的色彩搭配与形态变化，于抽象之中自有一股朝气。纷落的雪花宛如在翩翩飞舞。

庆子把京都的点心和冬天的酱菜递给大木，说是音子先生的礼物。

"还有，这是盒饭。"

从"鸽子号"进站到开车，虽说只有一二分钟，庆子一直靠窗站着。大木只看得见庆子胸脯以上的地方,心想,现在应是庆子一生中最美的时光。大木无从知道音子的美丽青春。他不得不与十七岁的音子分开,而昨天见到的音子,已经四十岁了。

大木提前在四点半钟便打开饭盒。拼好的年菜中,还添上了饭团。饭团捏得又小又好看,其中似乎蕴含着女人的款款心意。音子是为了那个男人——往日曾蹂躏过少女的她而捏的吧?咀嚼着仅一口或一口半大的饭团,在舌头与牙齿之间,大木感觉到了音子对自己的宽恕。不,那不是宽恕,那是音子的爱心吧?是音子至今仍深藏在心底的爱吧?被母亲带到京都以后,音子生活里发生过些什么事呢?除了画画,独自生活,详细情形大木一无所知。也许她有过爱情,或是谈过恋爱。然而,以少女的全部生命去爱大木,这份爱,是切实的。在音子之后,大木也曾经有过几个女人。但像爱少女音子那样爱得那么刻骨铭心的,却没有。

"米真好。哪儿的米呢?关西的米……"大木一面寻思,一面把小饭团接连送到口里。不咸不淡,很入味。

音子在十七岁上,早产,自杀未遂,又在两个月后给送进窗上拦着铁格子的精神病房里。大木虽从音子母亲那里得到信,但音子母亲却不许他们相见。

"只可在走廊里远看,请千万别过去……"音子的母亲说,"我也不愿叫你瞧见她现在那样子。要是见了你,又该闹得她不安生了。"

"她还认得出我吗?"

"当然认得出……不就是为了你,才这样的吗?"

"……"

"不过,好像还没到疯的地步。医院的大夫也安慰我说,只是一时的。那孩子总是做这样的手势。"说着,母亲比画着抱婴儿哄孩子的姿势,"是想她的孩子哟。怪可怜的。"

音子住了三个月才出的院。母亲见到大木时说:

"我也知道,您有太太,还有孩子。音子当初也该知道的。以我这年纪,明知这样,却还来求您,也许您会以为,倒是我才疯了呢……"音子母亲颤着肩膀说,"能不能请您跟音子结婚呢?"

母亲涌出眼泪，低下头，紧紧咬着牙。

"这事我也考虑过。"大木不胜痛苦地回答。他家里当然也起了风波。他太太文子那时二十四岁。

"想过好多好多次。"

"您权当我也跟女儿一样，脑筋有毛病，当成耳边风好了。我绝不会再来求您的，并不是说马上就要怎么着，就让音子等上三年两载，五年七年的。不用我说，音子那姑娘也一定会等的。再说，她还是个十七岁的女学生家……"

大木心想，听这口气，母亲的那股烈性，竟传给了女儿音子。

没到一年，母亲把东京的房子卖掉，领着女儿搬到京都住了。音子转到京都的女子高中，留了一级。女高毕业后，进了美术专科学校。

直到除夕共听知恩院的钟声，元旦把盒饭送到特快列车上，这期间已经二十几年过去了。不只是饭团，就连年菜也按着老规矩，保持着京都风味，大木每下箸捡菜，都先欣赏一番，然后才送进嘴里。京城饭店的早餐,虽然也应景,有碗烩年糕,但真正过年的风味,是在这个饭盒里。即便回到北镰仓自己家中,恐怕也同近来妇女杂志的彩色照片一样,正月的菜肴大多有些洋化了。

京都女画家音子,照她女弟子的说法,元旦有些"礼节"上的应酬,但总还不至于连抽个十分一刻钟,上车站来一趟的工夫都挤不出来吧?或许也像除夕听钟那样,免得与大木两人单独相处,音子才又打发女弟子来车站送行的?昨晚当着女弟子和舞伎的面,关于往事,大木对音子虽然只字未提,但往昔在两人之间却像息息相通似的。这盒饭也是这样。

"鸽子号"开动后,大木在窗内用手掌拍拍玻璃,发现这样做,车外的庆子听不见,便把车窗抬起两厘米说:

"元旦一大早便赶来,谢谢了。府上是在东京吧?常常要回去是不是?顺便到舍下来玩吧。北镰仓不大,在车站附近一打听,马上就能打听到。还有抽象画,音子先生说的那种充满狂气的画,给我寄一两张来看看。"

"真难为情,那画儿都给上野先生说了,有些狂气……"庆子的眼里,倏忽闪过一道奇怪的神色。

"不,那是因为上野先生已经画不出那种画,才那么说的不是?"

列车停车的时间很短,同庆子的谈话也短。

大木自己以往写过幻想小说,但今日所谓的抽象小说却从未涉笔。倘如语言与文字脱离日常实用,将其看作抽象或象征也未尝不可。不过,大木早年在散文写作上,对自家运用抽象或象征的这种才能和资质,曾经竭力加以遏制。他亲近过法国象征派诗歌,新古今[1]和俳谐[2]等,年轻时也学过以抽象或象征的语言,做具体而写实的表现。然而,大木认为,具体而写实的表现一旦深化,仍会达到象征与抽象的境界。

譬如说,大木用语言和文字所表现的音子,同实

---

1 即《新古今和歌集》,成书于镰仓(1185—1333)初期,辑录和歌约两千首,追求优雅纤细的诗风,具有唯美浪漫的倾向。代表诗人有西行、俊成、定家等人。
2 俳谐连歌之略,具有诙谐、滑稽趣味的日本传统诗歌形式,狭义上指俳句。

在的音子之间，究竟有怎样的关系呢？个中真相，恐怕是难以把握的。

大木的小说中，寿命最长，至今仍拥有众多读者的，是部长篇，写他同十六七岁的上野音子恋爱的故事。由于小说的出版，音子的脸面益发受到伤害，引起世人的好奇，这的确有碍她的婚事。但是，直到二十几年后的今天，作为小说原型的音子，依旧为广大读者所喜爱，这到底是什么缘故呢？

与其说是成为小说原型的女孩儿音子为读者"所喜爱"，还不如说，是大木小说中的音子受到读者所喜爱更妥当。那不是音子的自述，而是大木的写作。其中加上作家大木的想象与虚构，当然也就有所美化。但是，这些姑且不谈，大木所写的音子，同假定是音子自述的那个音子，二者究竟哪一个才是真实的音子？实在难以分辨。

不过，小说中的女孩儿是音子，却是错不了的。大木若是没有同音子的这段恋情，恐怕就不会有这部小说了。而且，直到二十几年后的今天，小说还一直被广为阅读，显然全仗有音子这样一个人物的缘故。倘如大木没有得遇音子，大木的人生中就不会有这段浪漫史。三十一岁的大木结识音子，彼此相爱，是命运呢？抑或是上天的赐予？思之再三，而百思不得其解。但这事给大木这位作家带来好运，开始走红，确是不争的事实。

大木给小说取名为《十六七岁的少女》。书名很平常，没有讨巧之处。在二十几年前，旧学制的女学生，年仅十六七便失身于人，又早产，还一度发狂，这是极不寻常的事。但大木并不认为有多不寻常，也就没当作不寻常的事去写。更没用好奇的眼光看待音子。正像小说平凡的书名一样，作家毫无虚饰地将音子写成纯洁而热情的少女，借容貌、丰姿、举止，尽力写得形象鲜明。就是说，作者以清新活泼的笔调，倾吐他青春的爱情。《十六七岁的少女》之所以长期以来拥有广泛的读者，便是因为这个缘故吧？年轻而有妻小的男子与少女的悲恋，一味抬高其美感，竟至看不出任何道德的反省。

大木和音子幽会的时候：

"你总觉得对不起这个，对不起那个的，这是你的脾气，是吗？脸皮不要这样薄，胆子再大一点才好呢。"听音子这样说，大木不觉一怔。

"我脸皮够厚的了。现在不就是这样吗？"

"哪儿呀，我说的不是指你跟我的事。"

"……"

"不论什么事，你应该想怎么做就怎么做，那多好。"

大木一时无言以对，不禁回顾起自己。音子这句话，过了很久，仍使他不能忘怀。十六岁的少女，居然能看透大木的性格和生活，他感到了一双爱情的慧眼。其实，大木向来是非常任性的，但自从跟音子分开以后，凡事太顾虑别人时，就会想起音子的这句话，想起说这句话的音子。

音子许是感觉到，因为自己的这句话，大木才停下了爱抚的手，于是把脸靠在大木的胳膊上，一声不响，咬住大木的胳膊弯，咬得很用力。大木忍痛没有动。音子的眼泪，沾湿了他的胳膊。

"痛死啦！"大木说着，抓住音子的头发，拉开了。胳膊上留下音子的牙印，沁出血来。音子舔着牙印说：

"你也咬我！"

大木轻抚音子的手臂，从指尖直到眉梢，一面端详着，真不愧是少女的玉臂，便去吻她的肩。音子怕痒，扭着身子。

大木写《十六七岁的少女》并没有按音子的话："想怎么做就怎么做"，但写的时候，倒是想过音子这句话。《十六七岁的少女》是跟音子分开两年后才写成的书。音子已随母亲搬到京都去了。音子的母亲明知大木有妻小，却还来恳求，要他同音子结婚。大概是得不到大木的答复，才离开东京的也难说。或许是受不住独生女儿和自己的悲哀与难过吧？在京都，音子和母亲看了大木的《十六七岁的少女》，会怎么想呢？以音子为原型的小说，成了大木的成名作，读者越来越多，她们又会怎么看呢？对年轻作家小说里的原型，一般人是不会去深究的。等别人知道《十六七岁的少女》以音子为原型时，大木已经过了五十，作家的地位也有了提高，便有人出来查访他的经历。那已是音子母亲去世后的事了。音子在京都也成了女画家，这位小说原型就愈发出名了。作为《十六七岁的少女》的原型，音子的照片还曾在杂志上刊登过。音子当然不会甘当小说的原型，允许别人拍照。那准是作为画家拍的照片，未经她本人许可，擅自移用的，大木心里这样揣度。当原型的感想一类文字，当然更不会见诸报端的了。《十六七岁的少女》出版当时，音子和她母亲也没向大木表示过什么。

乱子倒是出在大木自己家里。那是理所当然的。大木的太太文子，出嫁前一直在一家通讯社当打字员。大木写好的稿子，便叫新婚的妻子打字。其中未尝不带有新婚的甜蜜与爱情游戏的成分，但也并非仅仅如此。自己的作品头一次在杂志上发表时，看到钢笔写的原稿与小小的印刷铅字之间，其效果和印象竟有偌大的差别，大木也觉得惊奇。但等写惯了，自然而然能从钢笔手稿上知道铅字印刷的效果了。并不是一边考虑效果一边写，压根儿就没放在脑子里，结果竟能消去铅印与手稿之间的差距。他只能做到，写的时候就好像看到印刷稿，而不是看的原稿。原稿上看看无聊，甚至疏忽的地方，印成铅字，反而相当紧凑。这许是职业的训练，已到了得心应手的地步吧。大木常对初写小说的人说：

"不管同人杂志还是什么，总之，印成铅字试试看，与原稿大不相同哩。你会发现许多奥妙，简直意想不到。"现在发表的形式一般是铅字印刷，但有时也能品味到与之相反的讶异之趣。譬如，大木一直看《源氏物语》的注释本或小型文库本，也即现在这种小字体的铅字印刷，但偶尔翻翻北村季吟的木版本《湖月抄》[1]，所得的印象便截然不同。进一步再追溯到王朝时代，用优美的假名书写的手抄本，试想，读后的印象又该如何呢？再说，《源氏物语》对现代而言，是一千年前的古典名著，但在王朝时代，却是当时的现代小

---

[1] 古典名著《源氏物语》的注释本，北村季吟（1624—1705）注，成书于1673年。

说。不论《源氏物语》的研究有多大进展，在今天来说，终究不能当现代小说来读。尽管如此，看木版本比看铅印本，却更让人陶陶然。读高野断简上的《古今集》和歌等，想必也会有同样感受吧。再往后，西鹤小说的版本，纵使是复制品，大木尽可能读元禄时的木版本。这倒不是出于怀古的趣味，而是为了多少能接触到作品的实质。至于今日的作品，读手稿的复制品，不过是种风雅罢了，一般人总是读铅印本，无意去看那蹩脚的钢笔字。

和文子结婚时，大木的钢笔手稿与铅印本之间，几乎已无多大差别。因为太太是打字员，稿子统由她打。日文的打字稿比钢笔写的手稿，大概更接近铅印本吧。并且，他还想到，西洋的原稿，不是打字稿，便是打字誊清稿，几乎没有例外，于是也想试一试。可是，大木的小说打成日文字后，也许是看不习惯的缘故，与钢笔手稿和铅印相比，似乎要乏味得多。不过，因此倒也容易发现不足，便于修改润色。于是，大木的稿子便统由文子打字，这也成了惯例。

那么,《十六七岁的少女》的稿子该如何处理,便同惯例起了冲突。倘若交给妻子去打字,势必会给她带来痛苦和屈辱,且也太残忍了些。音子十六岁的时候,太太二十三岁,已经生了一个男孩。丈夫与音子偷情,不用说,文子已有所察觉,半夜三更背着婴儿在铁路上彷徨。直到两个小时后回来,也不马上进屋,靠在院子里的老梅树上。大木到外面去找她,一进大门,听见啜泣声才发现她。

"你这是干什么!孩子不会着凉吗?"

三月中旬,天气还冷。婴儿果然着了凉。有些肺炎的症候,便住了院。文子也跟到医院去陪住。

"要是这孩子死了,你和我撂开手就容易了,那多好!"文子曾说过。尽管如此,大木却正好趁妻子不在家,去与音子幽会。孩子的病倒是好了。

因发现音子母亲从医院寄来的信,音子十七岁早产的事,让文子知道了。十七岁倒不足为怪,可是让文子吃惊到极点,简直做梦都没法儿相信的,是自己的丈夫会让一个少女遭那样大的罪,便大骂丈夫是恶魔,激动之下,竟咬了舌头。看见妻子嘴里流出血来,大木慌忙撬开她的嘴,伸进手去。文子好像憋不过气来,恶心得要吐的样子,一下瘫倒了。大木抽出手来,指头上有妻子咬的牙印,淌着血。一看这情形,妻子倒多少镇静了下来,给大木洗净手指,敷上止血药,裹好纱布。

音子和大木一刀两断,跟母亲搬到京都的事,文子也知道了。《十六七岁的少女》完稿,便是那以后的事。稿子让文子打字,固然又要揭开妻子嫉妒与苦恼的伤疤,让它再次淌血。可是,只有这部小说不经打字便发稿,对妻子而言,便好像是"秘密出版"似的。大木左思右想,结果还是打定主意把稿子交给妻子。他尤其存心要向妻子坦白一切。打字之前,文子似乎从头至尾通读了一遍。她没法儿不那样做。

"我要是跟你分开就好了。为什么没跟你分开呢?"文子脸色苍白地说,"读者都会同情音子的。"

"我不愿过多写你的事。"

"我比不上你理想的女性,是吗?"

"不是这个意思。"

"我只是个嫉妒得发狂,招人恨的女人吗!"

"音子她人已经离开了。而你,要跟我一起生活,往后的日子还长着呢。书里的音子,加进好多虚构,与实际的音子是两回事。就说她发疯时的事吧,我压根儿不清楚。"

"那些虚构的事,正是你的爱情呀。"

"要不是的话,怕就写不成了。"大木干脆地说,"这部稿,能给我打吗?你心里会不好受的……"

"我打。打字机是架机器。我可以把自己当成机器使。"

文子虽说要把自己当成"机器",可是做不到。她似乎常常打错,大木不时听到撕掉打字纸的声音。有时停下手,偷偷啜泣,或要呕吐。房子狭小,一间仅六席大的简陋房间,算不上是书房;隔壁是四席半大的起居室,角落上便放了打字机。大木在六席大的屋里,对文子的动静一清二楚。他无法安心坐在桌前。

不过,对于《十六七岁的少女》,文子没再说一句话。也许是要当"机器",就不愿开口了。《十六七岁的少女》这部小说,按四百字一页的稿纸,一共有三百五十来页。曾经当过打字员的文子,又一直给大木打稿子,看样子得用不少日子。而且,文子的脸色发青,面容憔悴。有时会竖起眉梢,茫然地盯住一个地方。她固执地硬不肯离开打字机。一天,她晚饭前吐黄水,趴在那里。大木绕到她身后,摩挲她的背。

"水,给我水!"文子喘着气说。眼圈儿发红,含了一包眼泪。

"是我不好。不该叫你打这部小说。"大木说,"可唯独这部,直接拿去发稿,倒像背着你似的,我又……"那样一来,他们夫妻关系虽不至于破裂,毕竟后患无穷,会留下难以愈合的伤痕。

"你肯让我打,不论多难受,我都要谢你。"文子虚弱地强作笑容。"连续打这样长的稿子,还是头一回,多半是累了。"

"稿子越长,你受的罪也越久。或者也可以说,当小说家的老婆,这就是报应啊。"

"看你这本小说,我对音子小姐已经非常了解,我虽然痛苦得要死,却还是觉得,你能碰上她,真是福气。"

"我不是说过了吗?我写的音子,是理想化了的。"

"这我知道。像书中的小姐,现实里是不会有的。可是关于我,希望能再多写一些才好。哪怕把我写成泼妇,嫉妒得发狂,像个母夜叉似的,我都不在乎。"

大木穷于回答:"可你并不是那种泼妇啊。"

"那是你不懂我的心。"

"不,我不愿意家丑外扬。"

"骗人。你是叫小音子给迷住了,只想写她一个人。要是写上我,你觉得会有损于音子小姐的美,糟蹋你的大作,对吧?可是小说,非要写得那么美不可吗?"

就算是一个嫉妒得失去理智的妻子也罢,由于小说里没多写上几笔,又一次招来妻子的嫉妒。文子的嫉妒,并不是没写,而是写得简略了一些,这样更有说服力。可文子,却因没把自己写得详尽周备而感到委屈。在大木，妻子的这种心理，则觉得不可理解。是不是跟音子比，文子以为自己受到轻视，或者说觉得大木没把她放在眼里呢？《十六七岁的少女》是写同音子的悲恋的，对文子所用的笔墨，势必不能与音子一样多。即便其中加进作者的虚构，但一直瞒着妻子的事，大木也如实写了不少。他最担心的，也正是怕妻子知道那些事。可比起那些事来，妻子倒为自己给写得太少而伤透了心。

"我不愿意通过你的嫉妒来写音子。"大木说。

"没有爱——甚至连恨都没有，所以你才写不来……当时我为什么没让你离开？我一边打，心里一边仔细琢磨。"

"又提这些没有意思的话。"

"我是很当真的。没让你离开，是我的一大罪过。这罪孽，我难道一辈子都得背下去吗？"

"你胡说什么！"大木抓住文子的肩膀，使劲摇着。文子的胃又翻腾起来，苦着脸吐黄水。大木松开手。

"……"

"不要紧的。我,我,说不定又怀上了。"

"什么?"

大木一愣。文子两手捂住脸,放声大哭起来。

"那你可不能不保重身子。小说也别打了吧。"

"不,要打。就让我打吧。已剩不了多少了,再说,也只是动动手的事。"

文子一味固执,不听大木的话。打完后,隔了四五天便小产了。原因与其说是打字打的,不如说是所打的内容给她内心的打击。请了一位女医生来出诊,文子躺在家中,头发像梳辫子一样束在后面,看上去显得薄了一些似的。本来头发虽厚,却很柔软。她只淡淡地涂上点口红。没有血色的脸上,因为没有搽粉,露出光滑柔嫩的肌肤。文子年纪还轻,小产对她并没多大影响。

然而,大木把《十六七岁的少女》塞到文件柜里,便没再碰过。虽没烧掉也没撕毁,但也没拿出来重看一遍,一直那么搁着。这部小说,无形中埋葬了两条小生命。音子早产,文子小产,岂不是很不吉利吗?

小说的事,夫妻俩暂且谁都避而不谈。后来,倒是文子先提起来。

"小说为什么不发稿呢?是怕对我不利吗?既然嫁给了小说家,这也是无可奈何的事。要是说有什么不好,我倒觉得,恐怕对音子小姐不大好。"说这话的文子,小产后身子已经恢复,甚至连皮肤都变得娇嫩艳丽起来。这就是青春的奥妙吧。而且,比先前更加懂得女人要取悦于丈夫了。

《十六七岁的少女》即将出版时,文子又有了身孕。

小说得到了批评家的赞赏。尤其获得许多读者的喜爱。文子未必会忘掉她的嫉妒与痛苦,但在神色间,言语上,却没有一点表示,她为丈夫的成功而高兴。在大木的小说中,至今仍最畅销的,便是被人誉为他早年的代表作,这部《十六七岁的少女》。小说不仅改善了大木一家的生活,并且给文子以衣着乃至首饰,甚至对她子女的教育费都有所裨益。难道文子现在就没再想过,这是因为有了音子这位少女,有了这位少女同大木相爱的结果吗?莫非她以为这是丈夫当然的收入？至少，音子与大木往日的这场悲恋，如今对文子说来，已不再是出悲剧了吧？

对此事，大木还不至于那么违心，有时也禁不住要想。成了《十六七岁的少女》中的主人公的音子，对他大木，难道会是毫无价值的吗？音子对自己给写成小说的事，从未向大木说过什么。她母亲也没来抱怨过。较之绘画与雕刻一类写实的纪念像，小说通过语言文字，更能深入音子的内心，连她的模样都可随心所欲地加以想象、虚饰和美化，但女主人公是她音子，却决不会错。大木尽情于写年轻人的热恋，至于音子的困窘，以及对未婚的她日后会造成什么麻烦，等等，全没放在心上。这样写虽然吸引读者，却说不定妨碍了音子的婚事。而大木反因《十六七岁的少女》，名利双收。文子的嫉妒看来已经消解，创伤也似平复。被迫离去的音子早产与大木太太文子的小产，两者自有不同。正如俗话说，小产之后必早得子，果然文子不久又平安生了一个女儿。所不变者，唯《十六七岁的少女》这部小说，而岁月则无情地流逝。小说里，没有渲染文子疯狂的嫉妒，就家庭这一世俗观念而言，岂不是更好吗？不过，这确也是这部小说的不足之处。尽管如此，这不正好使小说更加耐看，使书中的音子更为可爱吗？

一提起大木的代表作，即便在二十几年后的今天，仍必首推这部《十六七岁的少女》。大木作为小说家，不免有些泄气。

"真没出息呀！"常常一个人心中烦恼。但转念又想，那正表明小说富有青春的魅力。再说，世人的好恶，已有社会的定评，即或作者本人抗议，也无改于一丝一毫。作品已离开作者而独立存在。然而，十六七岁的少女音子，后来怎样了呢？大木心里常常挂念着。只知道她被母亲带到京都去了。大木之所以对音子的事放心不下，不能不说是由于小说《十六七岁的少女》历久不衰的缘故。

音子以画家成名，还是近几年的事。在那之前，两人彼此不通音讯。大木以为音子平平常常地嫁了人，平平常常地过着日子。大木也但愿她能如此。但依音子的性格,又觉得她不会甘心过平凡的日子,这是不是自己还旧情未断呢?大木有时这样反省自己。

因此,得知音子成为画家,对大木是个不小的冲击。

分手以后,直到音子当上画家自立,这中间,她吃过多少苦头,有过多少烦恼,终非大木所能知道,但却让他高兴得直打战。在百货公司的画廊里,偶然看到音子的画作,内心好一阵激动。那不是音子的个人画展,而是各类画家展销的作品中,有音子的一幅画。画的是牡丹。在画绢的顶上方,只画着一朵红牡丹。花朵对着正面,比真的还大。叶子稀疏,下面有一朵白的花蕾。从大得超乎自然的花朵上,大木看出音子的气派与品格。他当即买下,因有音子的落款,不便拿回家去,便捐赠给了小说家俱乐部。在俱乐部的墙上,高高地单挂上这么一幅画,与在热闹的百货公司里看,印象多少有些不同。那红艳艳的大朵牡丹花,仿佛魔幻一般,由花蕊发出孤独的光。从妇女杂志上看到音子在画室里的照片,便是那个时候。

想在京都听除夕钟声,是大木多年的夙愿。而要与音子同听，倒多半是由这幅牡丹画引起的。

北镰仓又称作"山内"，南北两丘之间有条通路，花木繁茂。今年，路旁的百花想必不久也会报知春来的消息吧。从北山丘散步到南山丘，已成了习惯。远眺紫色的晚霞，是在南山丘的高处。

晚霞的紫色，倏忽之间便消失了，变得蓝里透灰，显得冷冰冰的。宛如春天乍到，又转回了冬天。将薄霭染成一抹桃红的夕阳，想是已经西下，顿感肌肤生寒。大木从南山丘走下山谷，回到北山丘的家中。

"京都来了位叫坂见的年轻小姐。"文子说，"带了礼物，有两张画，还有麸嘉老铺的面筋。"

"走了吗？"

"太一郎送她出去的，没准儿找你去了。"

"唔？"

"真是漂亮得惊人。是什么人呀？"妻子盯住大木的脸，察看他的神色。大木虽然尽力装得若无其事，妻子以她女人的敏感，似乎觉出，那女孩与上野音子有些关系。

"画在哪儿?"大木问

"书房里。还包着,我没看。"

"哦。"

坂见庆子到京都站送行时,曾答应过大木,大概是如约送画来了。大木随即走进书房,拆开包。有两张画,镶在朴素的框里,一张叫《梅》;说是梅,却只画了一朵花,有婴儿的脸那么大,没有枝条,也没有树干。一朵花上,有红瓣,还有白瓣。而红瓣上红得有深有浅,画得颇奇妙。

这朵大梅花,形状并不那么怪,也丝毫没有图案的感觉。仿佛有个怪诞的灵魂在摇晃,真好像在动似的。那或许是由于背景的缘故。乍一看,大木以为是一堆厚厚的破冰片,再仔细看去,像是连绵的雪山。好在不是写实,厚冰也罢,雪山也罢,什么都成,但作品给予鉴赏者的巨大感受,当是雪山而非其他。这样尖峭有如刀削,上宽下窄的山,当然是不会有的,那是抽象派的画法。既不是雪山,也不是厚冰,应是庆子心中那无可名状的意象吧?即或是层层的雪山,也不是那种冰冷的雪白。雪的冰冷的感觉与雪的温暖的色调，交织而成一首乐曲。而且，还不是清一色的雪白，仿佛是各种颜色的合唱。色调的变化，同那朵梅花的红白花瓣一样微妙。倘认为这是幅冷峻的画，那便是冷峻的；认为是温暖的，便是温暖的。总而言之，梅花里洋溢着画家年轻的情感。坂见庆子大概是依从季节，为大木新画的吧？既然看得出是梅花，该算是半抽象画吧？

看画的工夫，大木想起院子里那株老梅树。花匠说梅树有病，是畸形的。大木听信花匠一知半解的植物学知识，竟信以为真，自己也没再去查考，一直到今天。那株老梅，一棵树上便开了红白两种花，不是嫁接的结果，而是同一枝上有红梅有白梅。也不是枝枝都这样，有的一枝上全开白梅，有的一枝上全开红梅。但小枝上的花，大多是红白相间。而这么掺杂着开的，未必年年都在同一条花枝上。大木很喜欢这株老梅。老梅现在正新蕾初绽。

坂见庆子的画，一定是用一朵梅花来象征这株稀奇的梅树的。她大概是听音子说过这株梅树的事吧。音子十六七岁的时候,大木已与文子成家,音子虽没来过,却听说过老梅树的事。大木自己都忘了曾说过此事,可音子倒还记得。并且,又告诉了她的弟子庆子。

说到梅树,会不会把往日的悲恋也袒露了出来呢?

"那个,是音子小姐的?"

"什么?"大木回过头。正在凝神看画,竟没发现妻子站在身后。

"是音子小姐的画吧?"妻子问。

"不是的。这么富于朝气的画,她画不出吧?是方才来的那女孩儿画的。落款上不是写着'庆'字吗?"

"这画好怪。"文子的声音有些生硬。

"是很怪,这画。"大木尽量随和地应着,"近来的年轻人,连日本画也画成这样。"

"是叫抽象派吗?"

"还不到抽象派的程度,总属那一类吧……"

"另一幅更怪啦。是鱼呢,还是云?把乱七八糟的颜色,任意涂在上面,有这样画的吗?"

"嗯。鱼和云可差得远哪。非鱼也非云吧?"

"那画的是什么?"

"既然看着像鱼,或者像云,说不定随你怎么看都行。"

大木把目光投向那幅画。弯腰去看靠在墙上的画框背面,一面念道:

"《无题》。叫《无题》。"

画面上没有任何物的形象,用色比那幅《梅》还强烈。因为横线多,文子才勉强解释为鱼或云吧?乍看,似连色彩都不谐调。但以日本画而论,颇显出一种热情。当然不是任意乱涂。《无题》,反蕴含着无穷意味。画家的意图看似含而不露,其实说不定倒更加呈露了出来。画的中心究竟在哪儿?大木正看着,妻子突然诘问道:

"那个人,跟音子有什么关系?"

"随身弟子呀。"大木回答说。

"是吗?让我把这画撕了烧掉成吗?"

"胡说八道!怎么能那样乱来……"

"两张画都曲尽其意,画的是音子。这种东西不该留在家里。"

大木猝不及防,对女人闪电般的嫉妒很是惊讶,一面镇静地说:

"这怎么会是画的音子?"

"你会不明白?"

"是你胡思乱想,疑心生暗鬼哟。"说着,大木心底点起一小团火,好似烧得越来越旺。

看得出来,那幅《梅》,显然在表现音子对大木的爱。那么一来,《无题》也能看出其中隐含着音子对大木的深情。《无题》使的是矿物颜料。画的中央偏左下方,矿物颜料用得很多,采取晕染的手法。晕染之中,有一亮点,像扇奇怪的窗子,仿佛能窥到这幅画的灵魂。如果认为是音子对大木的未了之情,也未尝不可。

"这两张画不是音子画的,是她女弟子画的。"

文子似乎疑心到,大木去京都听除夕钟声,兴许是跟音子一起听的。不过,当时什么也没说。也许是因为大木回来那天,正好在大年初一。

"反正我不喜欢这画。"文子竖着眼睛说,"不能搁在家里。"

"你喜不喜欢是另一回事,这可是正经八百的画家作品。又是出自年轻女画家的手笔。随便把人家的画毁掉,好吗?尤其是,这是送给咱们的呢,还是光叫咱们看看的,你知道吗?"

文子理屈词穷了。

"是太一郎出面接待……然后送她上车站了吧?不过,到北镰仓车站,时间够久的了。"

难道这点事也会叫文子着急?车站很近,每隔十五分钟就有一班车。

"这回太一郎会不会受她的诱惑呢?人美得简直有些妖气。"

大木把两张画原样撂在一起,慢条斯理地包着,说:"不要说什么诱惑不诱惑的!我讨厌诱惑这种字眼。那么漂亮的女孩子,这画兴许画的是她自己呢。出于女孩儿家的一种孤芳自赏……"

"不,这画的准是音子,没错儿。"

"哼，就算是这样，没准儿那女孩儿跟音子是同性恋呢。"

"同性恋？"文子冷不防给钻了个空子，"她俩是同性恋吗？"

"我哪儿知道。即便是同性恋，也没有什么可奇怪的不是？两个人同住在京都的古刹里，性格又都刚烈得近乎疯狂。"

说同性恋，显然让文子感到迷惑不解，半晌没作声。

"就算是同性恋，我觉得，那画画的还是音子对你不渝的爱情。"文子的口气已经缓和。为了搪塞一时，竟脱口说出"同性恋"这词儿，大木不禁感到羞愧。

"你说的也罢，我说的也罢，恐怕都是胡思乱想。因为两人都带着成见看画……"

"她要是不画这种莫名其妙的画，不就好了吗？"

"嗯。"

无论多么写实的绘画，总要表现画家的内在情感和创作意图的。但大木此时避免与妻子继续争论下去。他有些心虚。对庆子的画，文子的第一印象，或许出人意料，竟是正确的。而"同性恋"，大木未加思索随口说说的印象，说不定也偶尔言中，歪打正着。大木心里这么嘀咕着。

文子走出书房。大木则等着儿子太一郎回家。

太一郎在一所私立大学做国文专业的讲师。没课的日子，不是到学校的研究室去，就是待在家里看书。他本来想研究明治以后的"现代"文学，由于父亲反对，改为研究镰仓、室町时代的文学。他能阅读英、法、德三国语文，以国文学者而论，是颇为出类拔萃的。人倒是个才子，但性情上与其说温和，倒更带些忧郁。而他的妹妹组子，对裁剪、服饰、插花、编织，什么都是半瓶醋，没个长性，却又总是快快活活的。相比之下，两人的性格正好相反。组子有时约他去溜冰或打网球，太一郎经常待搭不理的，被妹妹看成是怪人。同妹妹的朋友，那些女孩子也不来往。叫学生上家里来时，也不给妹妹正式介绍一下。母亲在家里热心款待太一郎的学生，组子有时会板起面孔，但从不当真往心里去。

"太一郎的客人来了，只是开头叫女佣送杯茶就算招待了。而组子呢，从冰箱直到柜子，自己会去翻个底朝上，还打电话，自做主张，又是订寿司，又是什么的，好不热闹哟……"叫母亲一说，组子吐了吐舌头，说：

"可是，上哥哥这儿来的，全是他的学生嘛。"

组子已经出嫁，随丈夫去了伦敦，家信一年不过两三封。太一郎还不能自立，当然闭口不谈婚事。

不过，太一郎送坂见庆子出去，一直迟迟不归，大木也有些不放心了。

大木在书房里隔着后窗的小玻璃向外望去。战争时期，挖防空壕挖出的泥土，还高高地堆在山脚下，已经杂草丛生。杂草中，遍开着深蓝色的小花。草长得很矮，几乎看不大见。花也极小，但却蓝得十分浓艳。大木家的院子，除了瑞香，就数这种小蓝花开得最早，而且也开得最久，也不知花名叫什么。虽说不上是报春的花，因靠近书房的后窗，大木常想去摘一朵那娇弱的小花看个仔细，但总也未去。因此，对这蓝色的小花，愈增爱惜之情。

稍后不久,草丛里的蒲公英也开了。蒲公英的花期也很长。此时,蒲公英的黄花与点点小蓝花,在苍茫的暮色中若隐若现。大木凝目望了很久。

太一郎仍未回家。

满月祭

上野音子打算带女弟子坂见庆子,上鞍马山去看"五月的满月祭"。这里所说的五月,是指阳历,而满月,当然是"阴历"。头天夜里,月上东山,悬挂在晴朗的天空。

"明天也会是一轮明月的。"音子在廊下赏月,对着庆子说。所谓满月祭,是赏月的人让月映酒中,举杯而饮;倘若天阴无月,那就太煞风景了。

庆子也来到廊前,一手轻轻搭在音子的背上。

"五月的月亮呀。"音子说。庆子没点头,也没开腔,隔了一会儿却说:

"先生,现在到东山的高速公路上,或者大津那边,看琵琶湖上的月光好不好?"

"琵琶湖上的月光?那有什么稀罕!"

"小酒杯里的月光,难道比大湖上的月光还要好吗?"说着,庆子坐到音子的脚下。

"先生,院子里的夜色好美!"

"是吗?"音子将目光投向院子。"庆子,给我拿个坐垫来,顺便把屋里的灯熄掉……"

在廊前坐下,寺里的僧房遮住视线,从厢房这里,只看得见里院。院子毫无雅趣可言。横阔的院子,一半沐浴着月光。石步上也半是月光半是阴影,明暗不一。白杜鹃花开在暗处,似在飘浮。虽到五月,依旧红艳艳的枫树上,新抽的嫩叶才刚萌出绿意,在夜色中,显得黑黝黝的。春天的时候,许多游客常把红枫的嫩叶错当成花,还问:"这是什么花呢?"院子里,土马鬃长得很茂盛。

"要不要沏壶新茶来?"庆子问。这么一座平淡无奇的院子,音子为什么一直要这样瞧着?心里一面纳闷。是自家的院子，不分昼夜朝夕，有意无意之中，早已司空见惯。音子面对半庭朗月，一动不动，像在低头沉思。

庆子回到廊下，一边沏茶，一边说：

"先生，听说罗丹那座《吻》的模特儿，已经八十来岁了，还在世呐。我在一本什么书上看到的，当时脑子里浮起那件雕塑，简直不可思议呢。"

"唔？因为你年轻，才会这样说。当了表现青春名作的模特儿，难道年轻轻就该死掉吗？哪有这种道理呀！专门打听模特儿隐私的那些人才可恶呢。"

庆子寻思，自己无意中的一句话，难道竟让音子想起大木年雄那本《十六七岁的少女》吗？可四十岁的音子，依然是美的。庆子若无其事地接着说：

"读了《吻》的模特儿的事，我当时曾想，趁现在还年轻，应该求先生给我画张像留着。"

"如果我能画得了，当然好。倒不如你自己试着画张自画像，你说呢？"

"我怎么行……一来画不像，画了，也会将内心的丑恶表露出来，变成一幅可憎的画了。再说，为画自画像倒用起写实的手法，人家准要认为我是孤芳自赏呢。"

"你居然想用写实手法画自画像？岂不是自相矛盾？不过，谁知你以后会怎么变呢。"

"我要先生给我画。"

"我要能画得了，当然好。"音子重复道。

"不是先生的爱心减弱了，便是先生怕我。"庆子尖着声音说，"要是男画家，准乐意给我画。尤其是裸体画……"

"看你说的。"对庆子的怨言，音子并不感到意外，"既然这样，就画画看吧。"

"啊，我好开心！"

"裸体可不行！女人画女人的裸体，不会觉得有多大意思。尤其画我这种日本画。"

"我要是画自画像，就画跟先生两人在一起的。"庆子撒娇地说。

"构图时，如何把两人放在一起呢？"

庆子神秘兮兮地笑着说："先生若肯画我，我的画就可以用抽象手法，叫谁都看不懂……您就不必担心啦！"

"我倒不是担心。"音子啜着清香的新茶。

这是音子去宇治田原的汤屋谷茶园写生时，人家送的新茶。那时已经开始采茶了，但她的写生画里却没有采茶姑娘。整个画面，满是一垄垄圆坨坨高高低低的茶树。音子连着去了几天，画了好几张。因时间不同，照在茶垄上的日影各呈异趣。庆子也跟着去了。

"先生，这不是抽象画吗？"庆子问。

"要是你画的话……可就我来说，仅有绿色，已够大胆的了。只要那嫩绿与老绿，在柔和圆润的波浪形与色彩变化之间，能够调和就行。"

在画室里，依据多幅写生所画的草稿已经完成。

不过，音子之所以要画宇治汤屋谷的茶园，倒并非仅是着意那绿波浓淡不一的色彩，以及线条起伏变化而错落有致。当年同大木年雄的爱情破裂之后，跟着母亲躲到京都，东京京都之间，曾经几度往返。那时，留在音子心中的，便是从车窗中所见静冈一带的茶园。有时是日当中午的茶园，有时是黄昏落照下的茶园。当时，音子只是一个女学生，还没有要当画家的打算，望着茶园的景色，与大木离别的悲哀，一阵阵涌上心头。东海道的沿线，有山，有海，还有湖，随着时间的推移，连浮云也会染上感伤的色彩。毫不起眼的茶园，何以竟会打动音子的心？这固然无从知道，但也说不定，是茶园那沉郁的绿意，夕照中茶垄上浓重的阴影，沁透到她的心底。而且，茶园不是天然的，是人工的，小巧的，垄上的阴影又深又浓。还有，一丛丛圆圆的茶树，宛如一群温驯的绿羊。离开东京前，一直伤心悲切的音子，到了静冈一带，她的悲哀恐怕正达到顶点吧。

看到宇治汤屋谷的茶园，音子又生起那缕悲哀之情。于是，便去画速写。或许连她的弟子庆子都没觉出音子心中的那份悲哀。走进新芽萌出的茶园，并无东海道线上窗内所见茶园的那种沉郁，虽说日本的风情十足，但翠绿的新芽，一派鲜亮明快。

庆子读过《十六七岁的少女》，在枕边那些毫无顾忌的悄悄话中，也听说过大木的事。知道得虽多，却终究没有察觉，茶园的写生画中，音子寄寓了她经久不渝的爱的悲哀。随她前往茶园写生的庆子，很喜欢那一丛丛茶树的圆线条所呈现的抽象风格，可画了几幅素描之后，竟又逐渐离开写实的画法。音子看了她的素描，哑然笑了起来。

"先生，您是纯用绿色的吧？"

"是啊。画的是采茶时节的茶园嘛。关键是把绿色的变化调配得好。"

"我想来想去，是用红色呢还是紫色？乍一看，哪怕看不出是茶园都不要紧。"

庆子的那幅草图也立在画室里。

"这新茶真的好喝。庆子，再沏一壶来。用你的抽象派手法。"音子笑着说。

"抽象派手法？……要不要沏成苦得让您没法喝？"

"那就是抽象派吗？"

庆子在屋里娇声笑着。

"庆子，你上次回东京，去过北镰仓他家吧？"音子的声音略带生硬。

"去过。"

"为什么?"

"年初到京都站送行时,大木先生说要看我的画,叫我送去。"

"……"

"先生,我要为您报仇。"庆子冷静地说。

"报仇?"音子没料到庆子会说出这话,一时感到愕然。"报仇?为我?……"

"是的。"

"庆子,来,坐到这儿来!咱们一边品尝你用抽象派手法沏的苦茶,一边聊聊好不好?"

庆子默默地挨着音子的腿坐下,端起茶杯。

"哎呀,真的好苦。"庆子皱起眉说,"重沏一壶吧?"

"不用了。"音子按住庆子的腿说,"你说要报仇,究竟要报什么仇?"

"您不是知道的吗?"

"我可从来都没想过,要报什么仇。也没有好怨恨的。"

"因为您还在爱他……您没法儿不爱他一辈子……"庆子顿了顿说,"所以,我才要给先生报仇。"

"为了什么呢?……"

"我嫉妒啊。"

"咦?"

音子把手放在庆子的肩上,她那年轻的肩膀竟自僵得颤了起来。

"先生,我说的对不对?我全知道。我不喜欢那样。"

"好厉害呀,这孩子!"音子温和地说,"你说报仇,什么仇呢?怎么回事?你想怎么办?"

庆子低着头,一动不动。院子里,月光照的地方越来越宽。

"为什么要到北镰仓他家去呢?也不跟我说一声……"

"大木先生伤透您的心,我想去看看他的家。"

"都见到谁了?"

"只见到他儿子太一郎少爷。我觉得跟他父亲大木先生年轻时一模一样。说是大学毕业之后,一直在研究镰仓和室町时的文学。对我非常殷勤,带我去了圆觉寺和建长寺,甚至还领我去了江之岛呢。"

"你在东京长大,那些地方对你没什么稀罕不是?"

"可不!不过,以前只是走马看花而已。现在江之岛变了好多哦。断缘寺的故事也非常有趣。"

"你说的报仇,便是引诱那位太一郎少爷吗?还是你受他引诱?"音子把手从庆子肩上放下来,说,"那么说,该嫉妒的,应当是我喽。"

"哎哟,先生还会嫉妒?我好快活!"说着,搂住音子的脖子,靠了上去。"噢,先生,除了您上野先生之外,不论对谁,我都可以当一个坏妞,一个魔女。"

"你拿去两张画吧?两张自己喜欢的画是不是?"

"坏妞也愿意开头给人一个好印象嘛。后来,太一郎来信,说我的画挂在他书房的墙上了。"

"是吗?"音子静静地说,"这就是你为我报的仇吗?使出的头一手?"

"对。"

"太一郎那孩子,当时还非常小,对大木先生与我的事什么都不知道。听说大木跟我分开不久,又生了一个叫组子的女儿,比起太一郎来,他妹妹倒更叫我伤心呢。现在想想,也就那么回事吧。他妹妹大概已经出嫁了吧。"

"那么说,先生,就先去破坏他妹妹的家庭生活好不好?"

"胡说什么呀,庆子!不管你多漂亮,多媚人,动不动就开这种玩笑,未免太狂了。这也正是你的致命之处呀。这可不是什么儿戏或者是恶作剧。"

"有上野先生在嘛,有什么好怕的?更没什么可迷惑的。要是离开先生,我还能画什么?恐怕早丢开手不画了。随着性命一起……"

"别说得那么吓人。"

"去破坏大木先生的家庭,先生当时办不到吧?"

"因为我那时只是一个小小女学生……而大木先

生,已经有了孩子……"

"要是我,就非毁了它不可!"

"说是这么说,家庭这玩意儿可是相当牢固的呢。"

"甚于艺术吗?"

"怎么说呢,这个嘛……"音子侧着脸,略显悲哀的神情。"我那时,对艺术之类,想都没想过呢。"

"先生,"庆子转过脸,轻柔地抚弄着音子的手腕,追问似的说,"那您为什么要叫我去京城饭店接大木先生?又打发我去京都站给他送行呢?"

"因为庆子又年轻,又漂亮嘛。是我的得意门生哪。"

"先生对我都不肯说真心话,我不干!那一次,我从头至尾仔细观察过先生。以我这双嫉妒的眼睛……"

"是吗?"音子凝视着月光下庆子那双闪亮的眸子,说,"我不是有意要瞒你。我被迫离开他的时候,虚岁才十七岁。而现在,我成了一个没有腰身的中年女人了。说老实话,我真不大想跟他见面。会让他感到幻灭的。"

"幻灭？您说他会感到幻灭？这话不是该咱们说的吗？我顶尊敬上野先生了，但对大木先生，却感到了幻灭。我一直待在先生身边，所见到的年轻男人，没一个像样的，本来以为大木先生有多不了起呢，一见了面，竟彻底地幻灭了。听先生的回忆，一直以为他是个出众的人物。"

"刚见一两次，是不会知道的。"

"我知道。"

"你知道什么？"

"大木先生也罢，他儿子太一郎也罢，要引诱，容易得很。我……"

"吓，你这人，说这话多可怕呀！"音子胸口发紧，脸色发青。"庆子，你这样自负，对你自己，也太可怕了。"

"没什么可怕的。"庆子压根儿无动于衷。

"怎么不可怕？"音子又说了一遍，"那不跟妖妇一样了吗？不论你有多年轻，长得多美……"

"如果那就叫妖妇,差不多的女人都该成妖妇了。"

"是吗?你是别有用心,才把自己喜欢的画,送到大木先生家里去的?"

"不,引诱人哪儿用得着画儿呀。"

对庆子的自命不凡,音子也无可奈何。

"我是先生的弟子,所以才拿两幅自己觉得最好的画去。"

"那倒要谢谢你了。可是,听你的话,到车站去送行,不过随便打个招呼而已,也无须送画儿不是?"

"已经答应他了嘛。何况我想到大木先生家去看看,也没有别的可当借口呀。再说,大木先生看了我的画,会是一副什么表情,说些什么话……"

"幸好他不在家。"

"我想,那画他随后就会看到的,只怕他看不懂。"

"那倒不见得。"

"他的小说,比《十六七岁的少女》更好些的,后来不是也写不出来了吗?"

"那不一样。那是拿我当模特儿,把我理想化了,也是你的偏爱。因为是青春小说,自然会得到年轻人的喜爱。他后来的作品,有的要么是因你年轻看不懂,要么是你不喜欢,我是这么看的。"

"可是,万一大木先生作古,作为能传世的代表作,还不是那部《十六七岁的少女》¡"

"别说这种丧气的话!"音子厉声地说,把手腕从庆子的手中抽出来,又挪了挪腿。

"还那么恋恋不舍的!"庆子也不高兴了,"人家要替您报仇啊……"

"不是恋恋不舍。"

"是爱……是爱情吗?"

"也许是的。"

音子离开月光半洒的廊子,进屋去了。庆子留在那里,两手捂着脸。

"先生,我也把献身视为生活的意义呀。"她声音发颤地说,"可像大木先生那种人……"

"原谅我。那时我才十六七岁。"

"我要给您报仇。"

"即便你要为我报仇,我的爱还是不会泯灭的。"

廊子上传来庆子的呜咽声,她蜷着身子倒在廊子上。

"先生,您画我吧……趁我还没变成您所谓的妖妇之前……求您了,裸体也行。"

"那好吧,以我的爱来给你画。"

"好开心。"

音子藏着好几幅早产婴儿的画稿。一直瞒着别人,连庆子都没让看。题为《婴儿升天图》,原打算正式画成画,结果几年过去了。她当然也翻过一些画册,想参考一下西洋圣母圣婴像中的基督或天使,但都是那么白白胖胖结实健壮,与音子悲哀的心境很不相符。她也曾看过三四幅日本古代名画《稚儿太子图》,端丽之中固然不乏日本的情趣,也能与音子的心灵沟通,但画像上的太子却不是婴儿,更不是升天图。音子的《婴儿升天图》,也不拟直接采取升天的构图,而让其蕴含升天的意韵。但是这幅画,究竟到哪年哪月才完得成呢?

因为庆子要音子画她,所以音子想起很久没有拿出来看过的《婴儿升天图》画稿。把庆子画成《稚儿太子图》那样,不知妥当不妥当?那会是一幅道地古典风格的"圣处女像"了。古代的《稚儿太子图》,属于佛教绘画一类,其中有的画有说不出的妖艳。

"庆子,那就让我来画你吧。方才我想好一个构图,要画成佛像的样子,所以举止上,这么没规矩可不行。"音子说。

"佛像?"庆子惘然坐了起来,"我不愿意,先生。"

"先画画看再说嘛。佛像中也有很多艳丽的,画成佛像的样子,再加个标题:一个抽象派青年女画家。岂不是很有意思吗?"

"您在开玩笑。"

"当真的。画完茶园就动手。"音子回头朝房间看过去。她和庆子画的茶园草图,并排立在墙边。墙的上面,挂着音子母亲的画像,是音子所绘。

音子的目光落在母亲的肖像上。

画上的母亲,年纪很轻。看上去,恐怕比现年四十的音子还显得嫩相。画这幅像的时候,音子是三十二三岁,也许她把自己的年纪画成肖像的年纪了。说不定是自然而然就把母亲画得那么年轻而美丽。

坂见庆子头一次来的时候,望着画像说:

"是先生的自画像吧?真美呀。"

音子没说是母亲的肖像。心里寻思,难道别人都会当成是自画像吗?

音子与母亲很相似。其相似之处多半都表现在画上了。也许是出于对亡母的思念吧。母亲的肖像,也不知画过多少张。起初,把母亲的照片放在旁边,照着画。可是,没有一张画得称心的。索性撇开了照片。于是,幻觉中,母亲恍如模特儿,坐在眼前。那形象栩栩如生,胜似幻影。她接连画了几张,倾注全部的心血,下笔越发挥洒自如,可是,时时泪眼模糊,不得不停下手来。而且,画着画着,音子也发现,母亲的肖像成了她自己的自画像了。

现在,挂在茶园草图上边墙上的,是最后画的一张。先前画的几张母亲肖像,音子全烧掉了。只有像音子自画像的一张,作为母亲的肖像画保留了下来。

音子想，这已足够了。音子看着这张画，眼里闪出一缕悲伤，那是别人无法感知的。画与音子，息息相通。直到这张肖像画定稿，音子花了多少时间啊。

除了这幅肖像画，音子从没画过人物画。即使画过，也仅是在风景中当点缀而已。今晚，她之所以动了心要画人物，是因为庆子央求。长久以来，一直想要画的《婴儿升天图》，音子并未当人物画看。但是，因要画庆子，而联想到《稚儿太子图》，便打算画成古典风格的"圣处女像"，是她心中终究存着《婴儿升天图》的缘故吧。既然画过母亲的像，还要画死去的婴儿，那么贴身弟子坂见庆子也是该画的吧。这不正是音子的三份爱心吗？尽管这爱截然不同，却无疑是三种爱。

"先生，"庆子叫道，"瞧着您母亲的画像，您心里准在寻思，我的像该怎么画。可对我，当然不会像对您母亲那么爱，就以为画不了，是不是？"说着，庆子把腿靠了过来。

"你这人好别扭。妈妈这张画，现在看起来，觉得不满意呢。跟画这张画时相比,我现在多少会有些长进。不过,画得虽然不大好,却是花了功夫,凝聚了我的心血,自然要觉得亲切些。"

"我的画,您用不着那么苦心孤诣的。尽管自由放开……"

"那可不行。"音子心不在焉地回答。眼睛凝望着母亲的肖像,心里充满了对母亲的回忆。庆子就是在这时候招呼她的。音子收回心来,眼前却又浮现出古时的《稚儿太子图》来。所谓太子,在不少画像上看着像是美丽的女童或少女,但都是一些"稚子"。固然不乏佛像高雅的气度,却是十分的艳丽。在中世纪女子禁入的僧院里,便成为同性恋者对那些美如少女的美少年衷心爱慕的象征。音子为画庆子的肖像,首先萌发《稚儿太子图》式的构思,其中难免不含有这种私情。稚儿太子的头发是女童的发式,现在叫作刘海儿。但衣裳与裙裤是古色古香的锦缎,现在已经无处搜求了,除非拿能乐的戏装或别的衣裳重新改做。尽管构图上仿照"稚儿太子",但无论如何,作为现代少女庆子的服装，终嫌太过古老。音子想起手头那幅岸田刘生[1]的《丽子像》。在受丢勒[2]影响的油画和水彩画中，有的采用工整的工笔画法，具有古典风格，像宗教画似的。但是音子看到的一幅却是很少见。在半张宣纸上，淡彩素描，画的是丽子的裸体画。腰上只围着大红浴巾，端庄地坐着。虽然算不上名作，可刘生为什么要用日本画，这样描绘自己的女儿呢？音子心里不禁纳闷。同样的构图，还有油画。

庆子说"裸体也行"，或者就照她说的，索性画成裸体，不知行不行？佛像里，未尝没有露出女性乳房的。但若仿《稚儿太子图》来构图，画成裸体，那么发式该画什么样子才好呢？小林古径[3]有幅名画《发》，画面清新明丽，而庆子的发式，应该有所不同才是。

---

1 岸田刘生（1891—1929），日本现代西洋画家，受后期印象派以及德国画家丢勒影响，晚年吸取浮世绘与中国宋元绘画的技巧，代表作有《自画像》《丽子像》等。
2 丢勒（Albrecht Düere，1471—1528），德国文艺复兴时期的代表画家。
3 小林古径（1883—1957），日本画家，获文化勋章，代表作有《仙鹤与火鸡》《发》《清姬》等。

思之再三,音子终觉自己实在力不从心。

"庆子,该睡了吧?"音子说。

"这么早?多美的月夜呀!"庆子回头看了看房里的台钟,"先生,差五分不到十点呢。"

"我有点累了。躺下来说说话不好么?"

"好吧。"

音子在镜台前搽脸的工夫,庆子已把两人的被褥铺好。做这类事,庆子非常麻利。等音子站起来,庆子开始对镜卸妆。低下修长的脖颈,凝视着镜中的面孔。

"先生,我这张脸不适宜画成佛像呢。"

"只要画画儿的带着宗教的心便成。"

庆子取下发卡,摇摇头。

"散开头发吗?"

"哎。"庆子梳着披散下来的头发。音子躺在被窝里望着,说:

"今晚把头发散下来吧?"

"觉得有点气味。洗一下就好了。"说着把后面的头发搂近鼻子闻闻。

"先生,令尊去世的时候,您多大?"

"十二岁。都问过几次了,你不是知道的吗?"

"……"

庆子关了纸拉门,又关上与画室之间的拉门,然后躺到音子身旁。两床紧挨,没有留下空隙。

这四五天里,睡觉时没关外面的挡雨板。朝院子的纸拉门上,映着月色,微明薄暗。

——音子的母亲死于肺癌。

"音子,你还有一个异母的妹妹。"这话母亲终于未能告诉音子。音子至今还一无所知。

音子的父亲是经营生丝和丝绸的贸易商。大殓那天,许多送葬的人在灵前烧香祭奠,照规矩行事而已,只有一个像是混血儿的年轻女人,母亲觉得与众不同。她烧完香向遗族行礼时,眼睛已经哭肿,看得出是用冰或冷水镇过的。

母亲心里一惊,以目示意,招呼站在遗族一旁丈夫的秘书。

"方才那个像混血儿的女人,她的名字和住址,请你马上到接待处去查一查。"凑近秘书的耳朵,小声吩咐说。后来便根据那个住址,打发秘书去调查:据说祖母是加拿大人,嫁给了日本人,国籍倒是日本,但毕业于美国学校,现在在当翻译。跟一个中年女佣,住在麻布的一所小房子里。

"没有孩子吧?"

"听说有个小女孩。"

"你,见到那个孩子了?"

"没有,听她邻居说的。"

音子的母亲觉得,那女孩儿,准是丈夫的孩子。要想查清楚,固然有不少办法,但想等女方来,看她说什么。结果却没来。半年多以后,音子母亲听秘书说,女的带着孩子嫁人了。从秘书口里得知,那个混血儿女人,曾是丈夫的情妇。丈夫已经过世,随着时间的流逝,嫉妒也罢,气恼也罢,都渐渐地淡薄了。她有心要把那女人的孩子领回来。既然是带着孩子嫁过去的,幼小的孩子想必会把女人的丈夫当成自己的亲生父亲吧?丈夫的孩子,就会认一个没有血缘关系的男人为父，长大成人。音子的母亲有时甚至觉得好像失掉什么宝贝似的。这不仅因为音子是独生女的缘故。可是，音子才十二岁，父亲背地里有情妇和私生女儿的事，当然不能告诉她。母亲临死时，音子的年纪已是可以告诉她一切了。在临终的痛苦中，母亲虽然犹疑苦恼，却终于未说。所以，直到今天，音子做梦也不会想到，还有这样一个异母妹妹。至于异母妹妹怎样了呢？不但到了可以知道一切的年纪，照理，结婚也该有几年了，有了孩子都没准儿。但对于音子，可以说等于没有这个异母妹妹……

"先生，先生！"音子被庆子叫醒，"是不是叫什么魇着了？好难过似的……"

"啊！"音子喘着粗气，庆子给她摩挲胸口，自己则支着胳膊，半抬起身子。

"你看见我魇着了？"音子问。

"嗯，有一会儿……"

"唉，你真讨厌。人家做梦呢。"

"什么梦？"

"梦见一个绿色的人。"音子的声音还没有镇静下来。

"是个绿衣人吗?"庆子问。

"不,不是穿的衣服,好像浑身都是绿的,连手呀脚呀也是。"

"是青不动[1]?"

"别开玩笑。形象没有不动明王那么可怕。是一个浑身发绿的人,绕着床忽悠忽悠地飘来飘去。"

"是女的吗?"

"……"

"是好梦。先生,这是一个好梦呀。"庆子的手掌捂住音子的眼睛,让它合上,另一只手拿起音子的手指,放进嘴里咬了一口。

"好痛!"音子这下清醒了。

"先生,您说要给我画像是吧? 您把我同汤屋谷的绿茶园搞到一起了呀。"庆子在给音子圆梦。于是音子说:

"会是这样吗? 你睡着了,还在我周围,转着圈荡

---

1 用绿色绘的不动明王像,特指京都青莲院所藏不动明王之画像,系红、黄、绿日本三大明王像之一。

热闹喧腾的岚山,到了岁末的三十这天,竟然杳无人踪,与平日的情景大不相同。仪态清幽,呈现出岚山的本色。潭水一碧清澄。

这身素净的衣裳,把庆子那张娇艳的面庞,衬托得更加生动水灵。海鸟的色彩搭配与形态变化,于抽象之中自有一股朝气。

"明天也会是一轮明月的。"音子在廊下赏月,对着庆子说。

来荡去的？真吓人。"

庆子把脸伏在音子胸口，带点疯劲儿，哧哧地忍着笑，"是先生的画魂……"

第二天，两人按计划于傍晚上了鞍马山。寺院里来了许多善男信女。五月的长日，已向四周的峰峦，高耸的树木，垂下夜幕。对面京都市街的东山上，已经升起一轮明月。殿前两侧，点起了篝火。一干僧众走了出来，开始诵经。首座穿着红袈裟。"请赐予吾等以荣兴之机，新生之力……"众人随声唱了起来，还有风琴伴奏。

善男信女人人手持蜡烛行进。殿前正面放一只大银杯，里面盛满水，水中映着满月。善男信女一一走上前去，然后将水舀在掌心，一饮而尽。音子和庆子也依样做了。

"先生，等回到家，不动明王的绿脚印，一定会留在房间里的。"庆子说。这便是山上的情景。

梅雨天

大木年雄每当小说写到半途,感到厌倦或者写不下去了,便躺到廊下的躺椅上歇着。如果是在下午,多半就那么睡上一小时一个半小时。养成这种午睡的习惯,还是最近一两年的事。从前逢到这种时候,都是出去散散步。然而,长年住在北镰仓,圆觉寺、净智寺、建长寺这些寺院,以及近处的各山各景,他早已了然于胸。而且,惯于早起的大木,清晨总要散一会儿步。他的脾气是,只要一醒,床上便躺不住。这样晨起散步,使清早来打扫拾掇的女佣也不必有所顾忌。而且,晚饭前,还要散好长一会儿步。

书房的廊子很宽,角上摆了一张写字台。他一会儿坐在书房的席子上写,一会儿坐在廊下的椅子上写。廊下还准备了一把躺椅,颇为舒适。只要躺到这把椅子上,写作的烦恼,当即会抛诸脑后。说来也真怪,夜里,工作中间休息时,睡不深,还常常做些与工作有关的梦,可在廊下的躺椅上,立刻便能入睡,什么事都跑得一干二净,好不酣畅。年轻时没午睡的习惯。午饭后,客人经常接连不断,压根儿没工夫午睡。写作也在夜里,大抵是从半夜写到天亮。因为把工作从夜里改成白天,结果便习惯午睡了。午睡的时间倒没有一定。写得不顺手时,便去躺椅上躺躺。有时在午饭前,有时在傍晚后。夜里工作,累了以后反会有种飘飘然的感觉,但白天,却难得有。

"写不下去便午睡,这算什么事!还不是上了年纪衰老的症候?"大木心想,"可这真是一把魔椅。"

廊下的这把躺椅,只要躺上去,总能睡得着。而且,一旦醒来,便神清气爽。阻涩的文笔,发现新的思路,也并不罕见。确是一把魔椅。

季节已进入了梅雨天。是大木最感腻味的季节。北镰仓与镰仓的大海隔着丘陵，离得尚远，但海上来的潮气依旧很重。天空也低垂下来。大木右额角上，因为凝重的阴云而感到沉甸甸的，脑膜上的皱褶都像要发霉似的。所以，有时午前午后，竟要躺在魔椅上睡两觉。

"京都来了位姓坂见的客人。"女佣通报说。

大木刚睡醒，还躺在躺椅上，没有答话。

"是不是回掉，说您在休息？"女佣说。

"不用。是位小姐吧？"

"是的，以前来过一回……"

"请她到客厅里吧。"

大木又埋下头，闭上眼睛。午睡之后，梅雨天的慵懒已经减轻了几分，但是，听说是坂见庆子来访，便像淋过清水浴一般。大木站起来，果真去用水洗了脸，还擦了身，然后才走进客厅。庆子一见大木，立即从椅子上站起来，微微红着脸。大木有些惊讶。

"你来了。"

"突然来叨扰……"

"哪里哪里,春天那次来,我到附近山上散步去了。多待一会儿就好了。"

"那次多承太一郎少爷送我。"

"我听说了。还带你去过镰仓一些地方吧?"

"去过了。"

"你是在东京长大的,镰仓这些地方,应该没什么可稀罕的。再说,跟京都、奈良比,镰仓也没有特别值得一看的地方,是不是?"

"……"

庆子盯住大木的面孔,说:"海上的落日可美得很呢。"

难道儿子带着庆子,连海边都去过了?大木心里一惊,嘴上却说:"元旦早上,你到京都站送行之后,还是头一回见面哪。有半年之久了吧?"

"可不。先生,半年是不是很久呢?先生觉得很久吗?"

对庆子这微妙的问话,大木摸不透她的本意。

"说久,也久。说短,也短吧。"

庆子的神情似嫌他回答得无聊,没有一点儿笑容。

"譬如说,你有个心上人,半年不见,就会觉得很久吧?"

"……"庆子的脸上仍摆出那副嫌他无聊的神情。只有那双有点蓝盈盈的眼睛,挑逗似的盯住大木。大木有些沉不住气了。

"怀胎半年,在腹中就会动了。"大木这样说,庆子听了也不怕难为情。"节令已从冬天到了夏天。眼下这梅雨天,最让我腻烦……"

"……"

"关于时间,自古以来有许多人作过哲理的思考,却似乎没有一个令人满意的解答。时间能解决一切,这种世俗的见解,虽说根深蒂固,但我仍抱怀疑。还有,一死万事休,不知庆子小姐以为如何?"

"我还没那么厌世呢。"

"这跟厌世不是一回事。"大木拦住她的话头,"不错,时间固然一样长,但我的半年与年轻的庆子小姐的半年，却是截然不同的。譬如说，患了癌症，只有半年寿命的人，他的半年又有所不同吧。还有，因意外的车祸而顷刻丧生的人，以及战争……即使没有战争，也有可能被杀。"

"可您不是堂堂的作家吗？"

"只会留下让人脸红的作品罢了……"

"让人脸红的作品是留不下来的。"

"不错，真那样的话，倒求之不得了。但却未必如此。如果真如你所说，我的作品，全部该失传了。那对我倒反而好了。"

"哪儿的话……先生写我师父的那本《十六七岁的少女》，必能传世，您不是很清楚吗？"

"又是《十六七岁的少女》！"大木沉下脸来。"怎么，连音子小姐的弟子，也说这种话？"

"因为我就在音子先生的身边嘛。对不起。"

"不，没什么……令人徒叹奈何……"

"大木先生，"庆子的表情忽然一变而为生气勃勃，说道，"在我师父之后，您是不是又恋爱过？"

"这个嘛,嗯,有过。尽管没发生像音子那样的悲剧……"

"为什么不把那些也写出来呢?"

"是啊,那是……"大木迟疑了一下,说道,"因为有言在先,不许把对方的事写出来,结果就写不成了。"

"哟!"

"作为作家,这也许是一种自馁。写音子时的那种青春热情,恐怕是再也激发不出来。"

"要是我,随先生怎么写都成。"

"什么?"大木吃了一惊。大年夜音子派庆子到京城饭店去接,元旦又赶到京都站来送行,再加今天来北镰仓家里造访,统共只见过三回,每次见,都谈不上是真正的会面。那又如何去写她呢?小说里,充其量是借庆子的花容月貌,写一个虚构的女人罢了。庆子说跟儿子太一郎去过镰仓的海边,是不是当时发生了什么事?

"那我,便有一个好模特儿了。"大木想借笑声掩饰过去,可一见庆子,他的笑意已被庆子那双撩人的媚眼吸了过去。水汪汪的,好似泪光。大木再也说不出话来。

"上野先生说,要给我画像。"庆子说。

"是吗?"

"今天我又带来一张画,想请先生过目。"

"唔?抽象画我可不大懂。这间屋子窄,到那边大房间看吧。上回的那两幅画,小儿都挂在书房里了。"

"今天他没在家吗?"

"嗯,今天他去研究室,然后到私立大学教课。我内人去看古典木偶戏了。"

"只有先生一个人,太好了。"庆子声音低到欲无,说着走到门口,把放在那里的画拿到房间。画镶在简洁的白木框里,以绿色为基调,又随意涂上各种色彩,不拘一格,整幅画面,宛似翻滚的波浪。

"先生,这在我,算是写实的作品,画的是宇治的茶园。"

"唔?茶园?……"大木边看边说,"像似波浪翻滚的茶园呢。也是充满青春气息的茶园啊。头一眼，我还以为是内心热情迸发的抽象呢。"

"太高兴了，先生。这样看也可……"庆子跪在大木身后，下巴几乎要触到大木肩上。一缕甜丝丝的气息，吹拂着大木的头发，暖洋洋的。

"大木先生，这张画，您从这张画上，感受到我内心的波澜，我真是好开心呀。"庆子重复着说，"以一幅茶园的画而论，也许太拙劣……"

"实在充满青春气息啊。"

"到茶园去，总归要写生的，但我，把那些看成茶树和茶垄，也只是开头的半小时或一个小时而已。"

"是吗？"

"茶园，静极了。不过，那一道道圆圆的嫩绿色波浪，高低起伏，好似滚滚而来，结果就成了这个样子。这可不是抽象画呀。"

"茶园抽出新芽的季节，是朴素无华的。"

"先生，我还不懂，什么叫朴素无华。无论绘画，还是感情……"

"连感情也……"大木一转身,肩膀正碰到庆子丰满的前胸。而庆子的一只耳朵恰在眼前。

"说这种话,难保不把这只漂亮的耳朵割下来呢。"

"我哪儿有梵高[1]的天才,只要别人不给咬掉……"

"……"大木一怔,倏地转回身去,贴着大木跪在身后的庆子险些摔倒,庆子一把抓住大木。

"什么朴素无华的感情,我顶讨厌了。"庆子就势说道。大木如手臂一用力,庆子就会扭身倒在他腿上,仰着胸脯,像等人接吻的样子。

可是,大木手臂没有动。庆子仍保持着那个姿势。

"先生。"庆子悄声低语,凝视着大木。

"耳朵的形状既可爱又漂亮,侧面美得简直有些妖气。"大木说。

"真高兴。先生能说这话。"庆子修长的脖颈微微泛红。"您的话,我会终生不忘的。但先生所说的美,

---

[1] 梵高(Vincent van Gogh,1853—1890),荷兰画家。后期印象派代表人物之一。1888年神经病发作,割去自己一只耳朵,绘有《耳朵割去后的自画像》。

又能保持多久呢？想到这里，身为女人，真是可悲呀。"

"……"

"让人瞧着虽然难为情，但给先生这样的人看，却是女人的福气。"

庆子这热烈的话语，大木听了十分惊奇。倘若在相爱中，恐怕就不足为奇了吧？

大木声音不大自然地说：

"我也好福气哟。想必你还有很多美丽之处。"

"真的吗？我只是个糟糕的画家，不是模特儿，所以不知道……"

"画家可以公然以人体为模特儿，作家却不能。这一点，有时真叫人不服气。"

"如果有用得着我之处，尽管请……"

"那太多谢了。"

"先生，方才我说，要是我，随先生怎么写都成。不过，先生的幻想或是空想，比我本人实际上还要美，虽然有点儿悲哀，但也没关系。"

"要抽象的,还是写实的?"

"那就悉听尊便……"

"但是,美术模特儿与文学模特儿,压根儿是不一样的。"

"我明白。"庆子眨着浓密的睫毛说,"就说我画的茶园吧,尽管幼稚,可不是画的茶园,也不是自然的写生,而成为描绘我自己的作品……"

"任何绘画都是如此吧。不限于抽象或具象。就美术而言,不是人体,恐怕是不能称作模特儿的。小说的模特儿,也单单指的是人。风景咧,花咧,不论怎样写,都不能叫做模特儿。"

"先生,可我是人哪。"

"是个美人儿。"大木的手放在庆子的肩上,把她扶了起来。

"美术的模特儿,如画裸体,仅摆一个姿势便可以了,但小说的模特儿,单是这样恐怕就……"

"我知道。"

"这样说,行吗?"

"行。"

年轻的庆子大胆如许,大木倒不免有些畏怯。

"小说中的女孩子,兴许可以借助你的容貌……"

"那多没意思。"庆子娇媚地逼着大木。

"女人真是奇怪。"大木躲闪似的说,"有人硬是以为写的是自己,自己成了小说里的模特儿。有那么两三个呢,全是作者所不认识,毫无关系的女人……也不知她们胡思乱想些什么。"

"身世可怜的女人多着呢。让胡思乱想缠住,依我看,那是一种自我安慰。"

"是不是脑筋有毛病呢?"

"女人的脑筋容易有毛病。先生难道就不会叫女人脑筋出毛病吗?"

此话问得突然,大木竟答对不出。

"先生就那么冷眼瞧着女人出毛病?"

"唔?"大木不知所措,把话岔了开去。"不过,跟美术的模特儿不同,小说的模特儿嘛,是无偿的牺牲。"

"为他人牺牲,我顶愿意呢。能为什么人牺牲,或许正是我生活的意义所在呀。"

庆子的话,大木颇感意外,于是接过话头说:

"对庆子小姐来说,那是一种极端任性的牺牲。反过来也要求对方作出牺牲……"

"不,先生,您错了。牺牲的本质是爱,是憧憬。"

"庆子小姐现在为之奉献牺牲的,是音子先生吧?"

"……"

"是吧?"

"也许是吧。可音子先生是女人呀。女人为女人奉献牺牲,这种生活是没有纯洁可言的。"

"哦,这我就不懂了。"

"两个人难免都要毁掉……"

"两个人都要毁掉?"

"可不是。"

"……"

"只要有一点点游移,我都讨厌。哪怕五天、十天也好,只求能彻底忘掉自己。"

"即便结婚,也难做到呀。"

"结婚算什么,想结,早不知有过多少机会呢。结了婚,忘我地牺牲,就长不了了。先生,我不愿意回顾自己。方才也说过,朴素无华的感情之类,我真是顶讨厌不过了。"

"跟心爱的人在一起,四五天下来,便唯有自杀,别无出路,这种话最好别说。"

"是呀,自杀我倒一点都不怕。比自杀更令人讨厌的,是失望与厌世。就算给先生掐死,也是福气。哎呀,不,在那之前,得先当先生的模特儿……"

大木年雄不能不疑心,庆子是来勾引自己的。仅凭今天的行止,虽不能断定庆子就是妖妇,但作为小说里的模特儿,倒是一个相当有趣的女孩子。可是,爱上庆子再分开,难保又像《十六七岁的少女》的音子那样,事后住进医院的神经科。

今年初春,坂见庆子拿自己的两张画《梅》与《无题》来访时,大木年雄外出散步,正从北镰仓的山头眺望晚霞,不在家里,是儿子太一郎接待的。照今天庆子的话来看,太一郎送她出去,不仅到北镰仓的车站,甚至还到了镰仓的海滨。显然,太一郎叫庆子的妖媚给迷住了。

"但儿子不中用,会给庆子毁掉的。"大木心想,"倒不是因为年岁相差而嫉妒。"

庆子对大木说:"这张茶园的画,要能放在先生的书房里,真不知有多开心呢。"

"行啊,就这样办吧。"大木不大情愿地回答。

"夜里,在光线微暗的地方,希望您能看上一眼。那时,茶园的颜色会沉落下去,那些随手涂的色块便能浮现出来。"

"唔?还会做个奇怪的梦吧?"

"什么梦呢?"

"嗯,年轻的梦吧。"

"好开心。您竟说出这样令人开心的话。"

"你不是很年轻吗?茶园里圆圆的重重波浪,当是音子先生的陪衬,而让人看不出新茶嫩绿的那些色彩,那就是庆子小姐你啊。"大木年雄说。

"先生,哪怕一天也好……然后,先生尽管塞进壁橱的角落里，随它落满灰尘好了。反正是张蹩脚的画，改天我再来用小刀割碎。"

"咦？"

"是真的呀。"庆子的神情，温柔得出奇。"画得不好嘛。只要一天就行，放在先生的书房里……"

"哦——"

大木一时无言以对。庆子默默垂下头来。

"这样一张稀奇古怪的画，先生真能为它做一次梦吗？"

"很抱歉，与其受画的诱惑，梦见画，说不定倒会梦见你呢。"大木说。

"尽管请，什么梦都成……"庆子也禁不住连耳根都红起来了。"不过，先生还没做出什么事，以至于会梦见我，是不是？"庆子抬起头，凝眸望着大木，渐渐地，一双美目带些朦胧。

"不，上次承你送来两张画，太一郎本来送你到附近的北镰仓站就可以了，却一直送到了镰仓的海滨。今天，我也来送送你吧，好吗？家里没有人，没法留你吃晚饭,车已叫好了。"

车子开过镰仓的市街,驶向七里滨。庆子什么话也没说。

梅雨季的相模湾,海天一色,灰蒙蒙的。

汽车在江之岛的海滨游乐场等着。

买了一些墨鱼和竹荚鱼,做海豚的食饵。海豚从水中跃起,叼走庆子手中的食饵。庆子胆子大起来,食饵越举越高,海豚也愈蹿愈高,扑向食饵。庆子简直高兴得跟小女孩似的,连下雨都不觉得。

"趁雨还不大,走吧。"大木催着庆子说,"裙子都有点湿了。"

"啊,真快活。"

上车之后,大木说:

"这附近,伊东温泉过去些,常有成群的海豚游过来。据说一些赤身露体的男人,把海豚赶到岸边,再逮住。海豚怕痒,一挠它肋下就没力气了。"

"噢。"

"你们小姐会怎么样呢?"

"先生好讨厌。大概拼命地又踢又抓吧。"

"还是海豚老实啊。"

车到了山上的旅馆。眼前的江之岛也是一片灰色。左面,三浦半岛若隐若现。雨点变大了。毕竟是梅雨,四周浓雾弥漫。连近处的松林也朦朦胧胧。

两人给引进房间,浑身湿漉漉的。

"庆子小姐,回不去了呢。"大木说,"这样大的雾,开车太危险了。"

庆子点点头,没有一点为难的样子,简直令大木惊奇。

"浑身湿漉漉的,晚饭前得擦擦身子……"大木说着用手抹了一把脸,"庆子小姐是不是也像海豚一样,能让我试试看吗?"

"先生,这话可太糟践人了吧?把我比作海豚……难道我该受这种侮辱吗?当海豚玩……"说着,庆子一只肩膀靠到窗边,"好黑的海。"

"是我不好,对不起。"

"至少也该说句:我想好好看看你啦,或者……一声不响地把我抱起来……"

"不抗拒吗?"

"那可不知道……但拿人当海豚玩,太糟践人了。我又不是贱骨头。先生难道那么下流吗?"

"我下流吗?"说了一句,大木便进了浴室。

大木一边洗淋浴,一边将西式浴盆冲干净,放上热水。然后擦干身子,头发乱蓬蓬地走出浴室。

"请吧。"说话也不看庆子,"已经放了干净水,有半缸了吧?"

庆子沉着脸望着大海。

"变成蒙蒙雾雨了。附近的小岛和半岛,影影绰绰的……"

"觉得悲哀了?"

"波涛的颜色也令人不快。"

"身上湿漉漉的,不舒服吧?水放好了,去洗洗吧。"

庆子点点头,走进浴室。连撩水的声音都听不见,没有一点儿动静。出来时,脸已经洗过,坐在三面镜前,打开手提包。

大木走到她身后说:"冲过头,可什么都没有,头发乱蓬蓬的……发蜡倒有,不喜欢那味儿。"

"先生,这香水怎么样?"庆子递过一个小瓶。大木闻了闻,说:

"抹上发蜡,再洒这种香水?"

"洒一点儿就行了。"庆子开始露出笑容。

大木抓住庆子的手说:"庆子小姐,不要化妆,什么都别用……"

"痛,好痛呀!"庆子回过头来说:"坏先生!"

"这张本来面目多美。修眉皓齿,有多漂亮。"大木将嘴唇印到庆子红润的脸颊上。

"啊哟!"

化妆椅子倒了。庆子也倒了下去。大木的嘴唇压在庆子的樱唇上。

一个长长的吻。

大木透不过气来,把脸离开些。

"不,先生,再长些……"庆子拥紧他。

大木心里暗暗吃惊，一面却说：

"采珠女也憋不了那么久的。会晕过去的。"

"让我晕过去……"

"女的倒是很能憋气。"大木借着调戏，又把嘴凑上去。好长一个吻。又透不过气来，便把庆子抱了起来，放到床上。庆子蜷起身子和脚，缩成小小一团。

大木想叫她舒展开来，庆子虽然没有抗拒，却也费了不少时间。这工夫，已知道庆子显然不是处女。动作一旦狂猛起来，只听得：

"先生，先生！"庆子在下面悲切地叫着，"上野先生，上野先生！"

"啊？"

大木以为在叫自己，等知道是叫音子，顿时泄了气。

"你叫谁？上野先生？"大木扫兴地问。庆子没搭理，推开大木，脱出身子。

石景——枯山水

京都寺院的石景庭园，至今还留下多处，颇为知名。西芳寺的石园，银阁寺的石园，龙安寺的石园，大德寺的大仙院石园，妙心寺的退藏院石园等，便是主要的几处吧。其中，龙安寺的石园，不仅名闻遐迩，而且在禅学和美学上，可以说几近神化了。这当然不是没有理由的。相当的完美，真是无与伦比的杰作。

不论哪一处，上野音子都看得烂熟，印在脑海里。但今年，刚一出梅，她便怀着一颗绘画的心，天天到西芳寺的后山，去看石园。她并不认为，这座石园，她音子能以一个女人的力量画得成。她只是想去感触一下这石园所蕴涵的力。

以石园而论,这园子不是最古老也最遒劲的吗?无论画得成画不成,音子都不在乎。后山的石园,与下面幽雅的苔寺庭园相比,真是大异其趣。要是没有什么游客上来,音子只想坐下来,与石景默然相对。打开写生簿,望着石景,那里站一会儿,这里站一会儿,无非是让过路人不要对自己感到奇怪罢了。

西芳寺是梦窗国师于历应二年(1339)所复兴,修堂塔,挖池塘,筑岛屿。据说曾引人至山顶缩远亭,纵目远眺京城。那些建筑今已尽毁。庭园也因洪水而荒芜,曾几经修复。如今的枯山水,相传是沿着上山去缩远亭的石磴构筑而成。意在表现瀑布与流水。因是以石搭成,想必风貌依旧,完好如初。

之后,千利休的次子少庵,曾经在此隐居,音子无意去翻检这些历史,推究考证。她每天只是为看石景而来。庆子仿佛是音子的跟班,也每天跟着来。

"先生,石景是不是都很抽象?"庆子问。"就绘画而言,像塞尚画的莱斯塔克岸边的石山那么雄健有力的,有没有?"

"庆子,你倒了不起,还知道这些?那不是天然的石山吗?虽说没有山那样大,但毕竟是海岸的岩石……"

"先生,要是把这组石景画下来,可成一幅抽象画呢。以写实笔法描绘这组石头,我可没那能耐。"

"是啊。我也不是说非要画……"

"那我就挥笔,大刀阔斧地画画看?"

"那样画也许更好些。上次画的那张茶园,就很有意思,显得生气勃勃。那张画也送给大木先生了吧?"

"是呀。现在没准儿叫他太太给撕了毁了也说不定……跟大木先生在江之岛的旅馆里过夜,他竟叫我当什么海豚,我看大木先生也下流起来了。等我一叫您的名字,他马上就泄了气……大木先生直到今天,对先生是又爱,又后悔呀。简直叫我嫉妒死了……"

"跟大木先生?……你打算怎么办?"

"我要毁掉他的家庭。为先生报仇。"

"报仇?……"

"我不高兴嘛,先生到现在还在爱大木先生。给他那样欺侮,居然还爱他。真是女人的痴心……我不高兴这样。"

"……"

"我在嫉妒呢。"

"嫉妒?"

"就是嫉妒嘛。"

"因为嫉妒,就跟大木先生在江之岛的旅馆里过夜?如果我还爱大木先生,要嫉妒的,不该是我吗?"

"先生,真的嫉妒我吗?"

"……"

"那我太高兴了。"庆子手上加快了对石景的写生,"在旅馆里,我没睡着。可大木先生倒睡得挺香。五十多岁的男人,顶讨厌了……"

音子心里乱糟糟的,很想知道是睡双人床还是单人床,但又问不出口。

"掐死熟睡中的大木先生,简直易如反掌,想想就叫人开心,太开心了……"

"哎呀,好险。你这人,真可怕。"

"我只是那么想想罢了。单是那么想想,就开心得让我睡不着。"

"你这就叫为了我,是吗?"音子画石景的手有些发颤,"我可不认为,这是为了我。"

"是为先生的嘛。"

对庆子的古怪性格,音子此时甚感惧怕,说道:"庆子,大木先生家里,别再去了。谁知道会出什么事呀!"

"先生住院的时候,难道就没想过,要杀掉大木先生吗?"

"没想过。那时脑筋确实不大正常,但要杀人,却……"

"您不恨大木先生,反倒爱得更深,是吗?"

"我当时还有孩子的事……"

"孩子?……"庆子顿了顿说,"先生,可我不是也能给大木先生生孩子吗?"

"什么?"

"岂不是可以就此把他断送掉？"

音子仿佛挨了一击，凝视着女弟子。这修长的脖颈，俏丽的侧脸，竟然迸出这样可怕的话来。

"当然能生啦。"音子按捺住自己说，"你是不是糊涂了？就算你生大木的孩子，我也无所谓。不过，有了孩子，就不会说这种话了。人会变的。"

"先生，我才不会变呢。"

跟大木在江之岛的旅馆过夜，庆子究竟做了什么呢？听她的话，尤其看她说话的神气，岂不是有事瞒着音子吗？什么嫉妒啦，报仇啦，说得倒慷慨激昂，庆子到底有什么要遮掩的呢？

然而，想到自己直到如今还在为大木年雄嫉妒，音子不由得闭上眼睛。石景仿佛影子一样，留在眼底。

"先生，先生！"庆子搂住音子的肩膀，"怎么啦？脸色突然发青。"

接着，在音子的肋下使劲掐了一把。

"痛，痛死了！"音子身子一摇晃，一条腿跪了下去。庆子扶她起来，说道：

"先生，我心里只有音子先生。只有音子先生您呀。"

音子不作声，擦掉额上的汗。

"庆子，你说这话，会倒霉的，会一辈子倒霉的……"

"什么倒霉，我才不怕呢。"

"你年轻，又漂亮，所以才会说这种话，不过……"

"只要能让我待在上野先生身边，我就心满意足了。"

"那谢谢你了，可我毕竟是女人呀。"

"男人，最讨厌不过了……"庆子说得很干脆。

"那怎么行！真那样的话，日子一长……"音子黯然地说，"连画风也会变得很厉害呢。"

"总是一种画风的老师，最讨厌了……"

"你的'最讨厌'，真多啊。"音子略微镇静一些，"你把写生簿拿来，让我看看。"

"好的。"

"这个,是什么?"

"瞧您,先生。这不是石景吗?您好好看看……硬画一些我画不来的东西嘛。"

"嗯。"音子看着看着,脸色又变了。诚然,这是一幅一色黑的素描,乍看上去,看不出画的是什么,但其中,好像回荡着一种说不出的生命力。那是庆子的画里向来所没有的。

"在江之岛的旅馆里,你和大木先生到底还是做了冲动的事,对吧?"音子的身子哆嗦起来。

"冲动?那就叫冲动吗?"

"你的画变了。"

"先生,那就告诉您吧,大木先生连个长吻都接不来。"

"……"

"男人都这样吗?"

"……"

"跟男人,这还是头一次呢。"

音子望着庆子的素描,一边感到迷惑,这"头一次"该从哪里算起呢?

"我真想变成这枯山水的石头呀。"蓦地这样说。

梦窗国师的这组石景,历经几百年的沧桑,一派古色苍然,以致看不出是造化天成,还是人工搭就的。不过,那肯定是人工搭成的,嶙峋峥嵘,自有一股内力,从没有像此刻这样,向音子逼仄而来。感受到一种精神的压力,不禁有些痛苦。

"庆子,今天是不是该回去了?觉得石头有些可怕了。"

"好吧。"

"又不能在石头上坐禅,回去吧。"音子踉踉跄跄地站了起来。"这种东西,我画不来。这才是抽象呢。像你那样奔放不羁的画法,说不定倒能抓住些什么。"

"先生,"庆子拉住音子的胳膊说,"等回去,咱们装海豚玩吧?"

"装海豚玩?什么叫装海豚玩?"

庆子艳笑着,朝左面的竹林下去。

摄影家土门拳拍过一张很美的照片,那片竹林或许就是他照片中的竹林吧?

音子从竹林边上过去,神情与其说是忧郁,还不如说是紧张的好。

"先生,"庆子拍拍音子的后背,"您是不是叫那组石景把魂儿摄去了?"

"魂儿倒没摄去,不过想不带笔和本,单是那么看它几天。"

庆子的神情却一如平日,年轻而明朗。"不就是石头嘛。像先生那样看,也许能涌现出一股力,以及青苔的美感,可石头毕竟是石头……"然后接着又说:

"俳句家山口誓子的文章里有这样一段话:'日复一日,总与枯山水无缘,相知唯有大海;朝朝暮暮,大约是与枯山水没点儿情分……后来,搬到京都,方始真正理解了枯山水。'——确实写过这样一段话。"

"大海与石景。比起大海,以及自然中高山的巨岩与石壁,小小庭园里的石景,终究是人造的……"音子说,"即便如此,这种石景,我毕竟画不来。"

"先生,这是由人创造的抽象嘛。就连颜色,似乎也能按我自己的意思染好。画成我自己的抽象形式……"

"……"

"石园是什么时候有的?"

"不大清楚,室町时代以前,大概还没有呢。"

"用的岩石……"

"究竟古到什么时候,谁又能知道呢?"

"比那些岩石留存得还久远的绘画,先生想不想画呢?"

"那是不可企及的呀。"音子闷闷不乐地说。

"西芳寺的庭园也好,桂离宫的御苑也好,几百年间,树木生长,枯萎,受暴风雨摧残,庭园荒芜,我想,与当初比,会有相当大的改变的。但石景,却不会变得那么厉害吧?"

"先生,我倒认为一切都变个样,全都消失了才好。就说最近画的那张茶园吧,这会儿恐怕早叫大木太太给撕了、剪了呢。尤其在江之岛过了夜……"庆子说。

"那张画倒挺有意趣的……"

"真的吗?"

"庆子,你一画出好画,是不是就打算拿到大木先生那儿?"

"是呀。"

"……"

"直到给上野先生报了仇。"

"够了,别再提什么报仇的事了,我已嘱咐过你好几次了。"

"那我知道。但我也弄不懂。"庆子依旧爽朗地说,"是女人爱记仇呢?还是女人的矫情?要么是女人的嫉妒?"

"嫉妒?……"音子颤着声音低低地说,握住庆子的手。

"音子先生的内心深处,至今还爱着大木先生。大木先生也把音子先生深深藏在心底。除夕听钟的时候,我这个丫头就全明白了。"

"女人的恨,不正是爱吗?"

"庆子,在这种地方,你干吗要提这些事?"

"我看那些枯山水的岩石,也许是因为年轻的缘故?能从中看出古代日本人的抽象来。不过,那抽象的心境,现在我还不能理解。因为带着几百年的古色,才成了现在那样子,那么刚造出来的时候,会是什么样子呢?"

"嗯,刚造出来的样子,在庆子眼里该当幻灭了。"

"我要是画的话,就要随自己的心思,改变石景的形状,对石景搭配当初,那些不匀称的色调,我都要着上自己喜欢的色彩。"

"是吗?那样一来,就好落笔了。"

"先生,那石景比起您我的寿命,实在太长了。"

"可不是嘛。"音子说着,蓦地心中一凛。"虽然不是永恒……"

"我只要能在先生身边,画些短命的画就行……哪怕画好了,马上毁掉也情愿……"

"因为你还年轻……"

"就说那张茶园画吧,大木先生的太太要能给撕碎,毁掉,我反而高兴呢。她那样一来,感情总多少会冲动一些。"

"……"

"我的那些画,哪儿有什么正经八百的欣赏价值!"

"倒也不能那样武断……"

"又不是什么天才,连一张我都不想留下来。只是,我喜欢先生,但求能让我留在您身边。本来呢,只要能照料一下先生的起居,洗个茶碗之类,我就很开心了。可是,先生竟教我绘画……"

音子极为惊讶,说道:

"庆子,你怎么这样想?"

"在我心底……"

"你说归说,但你确实有绘画的天才呀。常常叫我吃惊哪。"

"小孩子的自由画吗! 小时候倒常给贴在教室里展览。"

"比较起来,你跟我这个平庸的画家不一样,我觉得你是个独特的画家,甚至有时还很羡慕你。庆子,以后别再说这种话了。"

"是。"庆子很听话,点了点头。"只要能留在先生的身边,我一定会努力。"庆子点头的姿势,优美动人。

"……"

"先生,画的事就不再提了。"

"你明白我的意思吗?"

"明白了。"庆子又点了点头。"只要先生不赶我走……"

"怎么会赶你走呢!"音子用力地说,"可是……"

"可是什么?"

"女人总有结婚啦,孩子啦这些事。"

"那些事……"庆子爽朗地笑了起来,"我才不会有呢。"

"是我的罪过。对不起。"

音子微微俯下头,扭转脸,揪下一片树叶。默默地走了好一阵子。

"先生,女人很可怜是不是?年轻男人,决不肯爱一个六十岁的老太婆吧?可是十几岁的女孩子,却能真心爱一个五六十岁的男人。倒不是贪图什么……是不是,先生?"

音子一时无从回答。

"先生,大木先生现在简直差劲。一心以为我是个烂污货呢,可我还是个姑娘家呀……"

音子的脸色发青了。

"不但这样,在紧要关头,我不由得喊起'上野先生,上野先生'来,结果竟没再把我怎么样。"

"……"

"为了上野先生,简直让我丢尽女人的脸。"

音子依旧脸色发青,两腿簌簌发抖。

"是在江之岛的旅馆吗?"音子勉强开口问了一句。

"嗯。"

上野音子对这位庆子,自有其无法抗议的隐情。

车子开到音子她们住的寺院。

"倒也幸亏如此,总算逃过一关……"庆子毕竟也红了脸,"先生,我跟大木先生生个孩子给您,好不好?"

冷不防,庆子脸上狠狠挨了一记耳光,痛得眼里几乎要流泪。

"啊,真痛快!"庆子说,"先生,再打,再打!"

音子颤抖了。

"再打……"庆子重复道。

音子期期艾艾地说:"庆子,你这话,多不要脸啊。"

"不是我的孩子。我想说的是上野先生的孩子。我生下来,送给先生。我是想从大木先生那儿偷个孩子给您……"

音子一抬手,又是一记耳光过去。这回庆子抽抽搭搭哭了起来。

"先生,先生,您现在不论多爱大木先生,也不能同大木先生生孩子了。您生不了啦。我没感情却能生的呀。我觉得,这跟上野先生生是一回事……"

"庆子!"音子喊了一声,便跑到廊子上,一脚把萤笼踢到了院子里去。

萤笼从音子光着的脚尖上飞了出去。刹那间,笼子里的萤火虫,一齐洒着青白的光,落到院子里的青苔上。夏日昼永，天空刚刚浮起暮霭。院子里，虽还看不出，却照例按时飘起暮霭，天光尚明。按理，萤火虫不该闪出火色，也不会发出白光。那流光火影，想必是缘于音子的眼睛，音子的心。她站在那里，浑身僵直，只管盯着落在青苔上的萤笼，眼睛一眨不眨。

庆子停止啜泣。偷偷瞧着音子的后影，连大气也不敢出。她挨音子打，并没有躲闪，只是坐在那里，两腿松了开来，右手拄在席子上，撑住要倒的身子。就那样一直没有动弹。看着僵立在那里的音子，庆子也好像浑身发僵似的。但也只是短短的一会儿工夫。

"啊，先生回来啦？"美代进来招呼说，"先生，洗澡水已经烧好了。"

"哦，费心了。"音子声音好似卡在喉咙里，感到腰带下面汗湿透了，很不舒服。胸口那里也出汗出得凉冰冰的。

"天气倒不怎么热，可叫人腻味。潮乎乎的……这黄梅天还没过去吧？是不是又回来了？"

音子没有回头看美代，接着说道："能洗个澡好极了。"

——美代是寺里雇的女佣,也到音子她们住的厢房帮忙。打扫,洗衣,收拾厨房,有时连饭都交给她做。音子喜欢烹调,做得一手好菜,可是,一旦绘画占据她整个心思,烧烧煮煮,便不胜其烦。庆子外表上倒看不出,居然还能烧出精致的京味小菜来,不过,也仅是种消遣而已。这样那样,美代随便弄几样,把午饭晚饭凑合过去的日子也不少。美代已经五十三四了,到寺里来了六年,做事一直很勤快。寺里虽有年轻媳妇或是做了母亲的人,倒是美代常来厢房帮音子做活。人矮墩墩的,胖得手腕和脚腕像捆起来一样。

这时,美代圆肩膀上的一张脸,乐呵呵的,一瞧见院子里的萤笼,便问:

"先生,是让萤火虫吸吸露水吗?"说着踩着石步走到萤笼跟前。许是因为萤笼横着倒在那里的缘故吧,美代弯下身,把萤笼摆正,没有捡起来。美代大概以为是特意把萤笼摆在那儿的。

美代站起来,准能从院子里看到廊下的音子,但音子早已转身朝里面的浴室走去了。这样,美代与庆子正好照面。庆子眼里闪着泪光,使美代低下头。庆子苍白的面庞,一侧的面颊红了一块,觉得事不寻常。

"小姐,您怎么了?"美代不禁脱口问道。

"……"

庆子没有回答,两眼睛直勾勾的,站了起来。浴室里传来水声。音子好像在往热水里兑凉水。是烧得太热了吗?哗哗的水声一直不停。

庆子走到挂在画室墙上的镜子前,从手提包取出东西重新匀脸,用一把小巧的银梳。三面镜梳妆台和穿衣镜,都在浴室前面的小屋里。

音子把和服脱在那里,正在浴室洗澡,庆子不便进去化妆。她从衣柜上面的抽屉里,拿出浮面上的单和服。内衣也全部换过。长衬衣外面套着单和服,伸进袖子正要合上衣襟,手不听使唤。

"先生……"

忽然叫了一声音子。

庆子低着头,在她眼里,单和服袖子和下摆上的花样,有音子的倩影。那花样是音子设计,并亲手为庆子描绘的,然后叫人染色。虽然是夏天的花,却不像是音子手笔,采用大胆的抽象画法,尽管看得出是牵牛花,但花很虚幻。颜色也浓淡随意,近来颇为时兴,显得又活泼又清爽。能设计出这样的和服,恐怕是音子画的时候,庆子始终不离她左右的缘故吧。

"小姐,要出去吗?"美代在隔壁屋里问。

"你看什么呢?"庆子头也不回地说,"要是看我,到跟前来看好了。"

"……"

庆子转念想,单和服的前襟合得不服帖,腰带上面的细带子也不会结,美代可能感到奇怪才瞧着自己。

"要出去吗?"美代又问了一遍。

"不出去。"

庆子右手提起下摆,左胳膊上搭着腰带和腰带的衬垫,一边朝浴室前的小屋走去,一边盼咐似的说:

"美代婶,布袜子忘了。给我拿双新的来。"

听见庆子的脚步声,音子在浴室里招呼说:

"庆子！洗澡水好极了。"音子以为庆子是来洗澡的。但庆子却站在穿衣镜前系腰带结。勒得紧紧的,几乎要勒进腰里了。

美代一声不响,把布袜放在庆子脚下便出去了。

"快来洗吧。"音子又招呼道。

音子泡在热水里,直浸到乳房处,眼睛望着杉木门,等着庆子。庆子理应马上开门进来,但门外静悄悄的,也没有脱衣服的动静。

光着身子进来,庆子是不是有些犹豫?这种怀疑刺痛了音子。她顿感憋闷难当,便从浴槽中站起,扶着槽沿爬出来。

庆子同大木在江之岛的旅馆里过夜,她是不是不愿意叫音子瞧她的身子?

庆子从东京回来,是在半个多月之前。在东京的时候,她去看望大木,给带到了江之岛。回到京都以后,与音子一起洗过几回澡,赤身露体并没害羞过。话虽如此,庆子头一回向音子坦白,她跟大木在江之岛过夜,却是今天,在苔寺后山的石景前,十分突然。

她的话也极不寻常,非常奇怪。

庆子是个风流妖媚的女孩子,这几年来,音子平日里就有所发现。她的风流妖媚,日甚一日,恐怕音子也助长了这种倾向。虽不能说是音子一手造成的,但她在庆子心中点上了火种却是确凿无疑的。

音子站在冲澡板上,额头冒出了汗珠,拿手摸了一把,是冰凉的。

"庆子,不进来吗?"

"不了。"

"不洗澡了?"

"不洗了。"

"冲冲汗,也好嘛……"

"我没出汗。"

"……"

"先生,对不起,请先生原谅庆子……"庆子的声音清澈爽朗。

"原谅……"音子接过庆子的话说,"是我不好,我给你赔不是。"

"……"

"你在那儿做什么呢？是站在那儿吗？"

"系腰带呢。"

"咦？系腰带？……你在系腰带？"

音子奇怪地问道，赶紧擦干身体。

打开杉木门出来，看见庆子打扮得漂漂亮亮，站在那里。

"哟，要出去？"

"是。"

"上哪儿？"

"上哪儿，还不知道。"庆子那依旧闪亮的目光里，隐含着忧愁。

音子似对自己光露着身体感到难为情，披上了浴衣。

"我也一起去吧？"

"哎。"

"不愿意吗？"

"哪儿的话，先生。"庆子背对着音子。镜中映出庆子的侧脸。"我等着您。"

"是吗?那我赶快准备好。你让开点。"

音子绕到庆子旁边,坐在梳妆台前。在镜中,与庆子面面相觑。

"去木屋町好不好?到阿房那儿……你先打个电话问问看。要是露天座订不上,就要楼上四张半席的小间。对了,什么房间都成,只要是朝河的……订不到朝河的座位就算了,再想想别处。"

"哎。"庆子点了点头,说,"先生,我去拿点凉水来吧。搁上几块冰箱里的冰块……"

"好啊。脸上显得很热吗?"

"嗯。"

"倒是去呀,我不会朝你摔化妆水瓶子的……"音子把右手瓶里的化妆水倒在左手心上。

庆子拿来的冷水,沁透音子的心底。

电话须到寺里人住的地方去借打。

音子急急忙忙换衣服的工夫,庆子已经回来了。

"阿房说,露天座八点半以后已有人定下了,八点半以前请尽管去。"

"八点半吗?"音子沉吟了一会儿说,"八点半……咱们倒也可以。若早些去,晚饭也能吃得挺从容。"

于是,音子把三面镜两侧的镜子拉拢来,伸头进去照。

"头发这样就算了。"

庆子点点头,伸手到音子的腰带里面,轻轻拉平她背上的和服。

火中莲花

《京城名胜图绘》中《四条河畔夏夜纳凉》一节,曾写到鸭川纳凉的情景,常常为人引用。"……自东西之青楼,设凉台于河畔。几案罗列,华灯星灿,开琼宴于流光。少年俊逸,明月含羞;河风习习,紫帽翩翩;锦扇轻摇,儒雅风流;览琳琅以悦目,且开怀以尽欢。艺伎美妇,艳胜芙蓉,兰麝香薰,奔走趋奉意殷勤……"

各类艺人也云集于此:

"马戏、滑稽戏、耍狗、耍木枕,乃至麒麟走索,状似秋千,一时间唢呐声喧。琼脂店内,滔滔喷泉,袪暑热以宜人；玻璃风铃，泠泠作响，招凉风以送爽。和汉之名鸟，深山之猛兽，荟萃此地，供游人以观赏；贵贱咸集，皆宴游于河上……"

元禄三年[1]夏，芭蕉[2]曾来此，亦有记载："且说四条河畔纳凉，月明之夜，自黄昏止于黎明，河上凉台成排，饮酒作乐，通宵达旦。女人衣带端庄，男人外褂齐整；僧俗老少，杂然而处；桶铺铁匠之学徒，亦偷闲放声高歌。诚乃京城之胜景也。"

"习习河风爽，徐徐吹拂淡红衫，夏夜好乘凉。"

而"河畔，诸般杂耍，惊险杂技，手工玩意，竞扎戏棚，提灯、灯笼、篝火，照耀得如同白昼"。这一纳凉胜景，在明治末年，还增加了转木马和拉洋片。但到大正时代，因京阪电车在东岸行驶，河床掘深之后，

---

1 即1690年。
2 松尾芭蕉（1644—1694），江户初期俳句诗人。将历来带有谐谑之趣，以文字游戏为主的俳谐，提高到一种精致的艺术，终成一代俳圣。俳风"闲寂枯淡"，而又不失风雅蕴藉。代表作见于《冬日》《葫芦》《旷野》《猿蓑》，以及《暴露荒野纪行》《奥州小路》等游记文。

禁止夏夜在河上纳凉,便成了现在这样,只有上木屋町、先斗町和下木屋町这一段相连的凉台了。音子看到记载古时河上纳凉的文字,其中,"少年俊逸,明月含羞;河风习习,紫帽翩翩;锦扇轻摇,儒雅风流……"一段,印象颇深。想当年,"风流俊逸的美少年",必也卓然立于月夜河畔,稠人广众之中。音子的脑海中,不禁浮现出那些美少年俊雅的丰姿。

——庆子最初出现在音子面前时,音子就把她看成这些美少年一般的少女了。

此刻,即便在阿房的"房记"茶楼的凉台上,音子仍在回忆当时的情景。那时,像少年似的庆子,恐怕还不如古时那些"风流俊逸的美少年"更像女人,更妩媚动人吧。使当年的庆子出落成今天模样的,正是自己——音子照例回想起这些往事来。

"庆子,你头一回来我这儿的事,还记得吗?"

"甭提啦,先生。"

"还以为来的是个小妖精呢。"

庆子抓起音子的手,把小指放在口中咬着,抬起

眼睛瞟着音子,同时喃喃低语:

"春日黄昏,淡蓝色的暮霭,笼罩着庭院,在那暮霭之中,飘然而至……"

那是音子说过的话。还说,暮霭之中,看着格外像是小妖精。庆子记住了这话,方才又低声重复了一遍。

像方才这些回忆的话,两人以前也说过几次。每次提到这些回忆,自己对庆子的那份眷恋,音子深感悔恨,苦恼,与自责。但庆子非常清楚,这反而会使眷恋更增添一分迷人的魔力。

挨着"房记"南边的一家茶楼,凉台上四角竖着灯笼,来了一个艺伎和两个舞伎。只有一位胖胖的客人,年纪不大,却已经秃了顶。眼睛望着河面,心不在焉地听着舞伎说话,点着头。是在等人呢,抑或是等夜色降临?灯笼老早便点上了,但黄昏残照中,灯笼倒显得不伦不类的了。

说是邻居,两家的凉台靠得很近,几乎伸手可及。而且,家家凉台都是朝着沿鸭川西侧石墙流过的御灌河搭的,凉台之间没有遮拦。不仅看得见隔壁的凉台,连远处的也能尽收眼底。相连的凉台,能彼此相望,才会显得河边凉爽。凉台自然是露天的。

庆子压根儿不理会隔壁凉台上人家的眼光,用力去咬音子的小指。小指痛得音子连小腹都有感觉。但音子一声不响,没有抽回指头。庆子的舌头正舐着指尖。庆子从口中拿出小指说:

"没一点儿咸味儿呢。先生刚洗过澡的缘故……"

"……"

鸭川,街对面的东山,开阔的景致,缓和了音子踢翻萤笼的烦躁,心情一旦趋于平静,连庆子与大木在江之岛过夜的事,也认为是自己的罪责。

——庆子来音子这儿,是她高中刚毕业不久。在东京看了音子的个人画展,又在一家周刊画报上看到音子的照片,据说便对音子生出仰慕之情。

那一年,京都举办关西画家的美术展览会,音子的参展作品,不仅获奖,而且评价颇高。这也许是得力于画的题材。

作品是根据明治十年(1877)祗园名伎加代的照

片，描绘舞伎猜拳的姿态。照片采用特技手法，猜拳的两个舞伎，都是加代，衣服也相同。张开两手的舞伎，几乎是朝着正面，而两手握拳的那位，则略微侧着脸。两人的手形、体态、面孔的照应，音子觉得非常有趣。右边张着手的舞伎，拇指与食指分开，其余四指向后翘着。衣服从肩膀到下摆，是古色古香的大花（黑白照片，看不出什么颜色），音子也觉得非常有意思。两人之间，有一个木制方火盆，上置一把铁壶，此外还摆着酒瓶之类，显得很粗俗，有碍画面，音子给省去了。

当然，音子也把一个舞伎画成两人猜拳的场面。一个舞伎同时是两个舞伎，而两个舞伎又同是一个舞伎，或者说既不是一个人，也不是两个人，给人一种奇怪的感觉，这是这幅画的着眼点。即便那张陈旧的特技照片，也同样含有某种意蕴。音子为避免构思落入俗套，在舞伎的面貌上，煞费苦心。照片里显得臃肿的衣服，那装饰性的花样，倒给音子作画时帮了忙，衬托得四只手活灵活现。音子虽然没按照片画得毫厘不差，但京都恐怕会有不少人，一眼便能看出，是根据从前名伎的特技照片画的。

东京来的画商，对这幅舞伎的画很感兴趣，便来拜访音子，并在东京展出了音子的小品。庆子看到音子的画，正在那时。否则上野音子这个京都画家的名字，像庆子这样的人，也不可能知道，实在是因缘际会。

周刊画报上之所以介绍音子，许是因为舞伎图在京都大阪获得好评的缘故吧。也因为画那幅画的画家美貌的缘故吧。那家画报的摄影师和记者拉着音子，在京都各处跑来跑去，拍了不少照片。不，因为跑的都是音子喜欢的地方，是音子拉着画报的人跑的吧。大型画报用了三个版面，出音子的专辑。登了舞伎图的照片，也登了音子的照片。但是，看起来好像以京都风物为主，音子不过是点缀而已。画报的人，让音子挑她喜欢的地方，大概是想在京都女画家的向导下，把那些还不为人知的地方，而又有可能成为名胜的，拍摄下来。音子倒也没有曲解为自己被人利用。自己的照片，人家毕竟登了三页，即令后面有背景，也不成其为京都的名胜照片。

可是,不熟悉京都的庆子并不明白,照片所拍的,是京都尚不为游客所知、极具魅力的所在。她在画报上,仅看到音子的美貌。而这个音子,却把她吸引住了。

在淡蓝色的暮霭中,庆子出现在音子面前,央求音子把她留在身边,教她画画。口气带些死乞白赖。当时的庆子,音子觉得像个小妖精,是因为冷不防被她抱住的缘故吧。那类似情欲的刹那勃发。

"这事太突然了,你父母同意吗?否则我没法答应下来。你说是不是?"音子说。

"父母都死了,我的事,我自己可以做主。"庆子回答说。

音子的目光重新打量庆子,说:

"那么你叔伯父母,或是兄弟姐妹呢?"

"我是兄嫂的累赘。自从他们有了孩子,就把我看成累赘。"

"生了孩子,为什么你就成了累赘呢?"

"我很喜欢小孩子,可我的喜欢法,不中兄嫂的意呗。"

"……"

庆子在音子身边留了下来。四五天后,庆子的哥哥来了信,说妹妹是个疯疯癫癫而又任性的女孩,还抵不上一个女佣人,一切拜托云云,并且寄来了庆子的衣服和随身用品。从这些衣物看,庆子家里相当富裕。

庆子说,她对小孩子的喜欢法不中兄嫂的意,音子跟她住了几天,很快便知端的。那的确是异乎寻常。

庆子来后的第七天,还是第八天,说是要把头发梳成先生喜欢的样子,音子禁不住她的软磨,去摸庆子的头发,拉起一绺的时候:

"先生,再用力拉……"庆子说,"抓住头发,把我提溜起来……"

音子松开手。庆子回过头,把嘴巴贴在音子的手背上,牙齿紧挨着。说道:

"先生,头一回接吻是几岁?"

"怎么啦?突然问起这个来……"

"我是四岁。还记得很清楚。我的一个舅舅,是妈妈的远亲，当时有三十来岁吧，我挺喜欢他的，看他一个人坐在屋里，我摇摇晃晃地走过去，亲了他一下。舅舅吓了一跳，还用手擦擦嘴呢。"

——她幼时吻人的事，音子在鸭川的凉台上也想了起来。四岁时吻过男人的嘴唇，仿佛已属于音子所有，现在常常衔着音子的小指。

"先生，您头一回带我上岚山的事，记得可清楚呢。那天正值春雨绵绵。"庆子说。

"可不是呢

"还有那家面馆……"

那是庆子来音子这儿两三天后的事，音子带她从金阁寺、龙安寺，一直转到岚山。在渡月桥前河边略高一点的地方，进了一家面馆。面馆的老婆婆说，真不巧，下雨了。

"下雨也挺好，这春雨多好！"见音子这样回答，面馆的老婆婆道谢说：

"哎哟，那就多谢您啦！"说着略微低了低头。

庆子瞅着音子悄声问：

"她是替天气道谢的吗？"

"什么？"音子因为老婆婆说得极其自然，没有留意，"是吧，是替天气……"

"真有趣，替天气道谢，怪不错的。"庆子接着说，"在京都，都这样吗？"

"这个嘛，说不好。"

不错，老婆婆的话，若认为是替天气道谢，固无不可。但音子她们特地到岚山来，偏巧赶上下雨，老婆婆是随口说的客套话吧。音子回答说"下雨也挺好"，并不仅是客套，其实心里想的，是春雨中的岚山挺好，所以才说好。于是老婆婆便谢了她。好像是在替天气，或是替雨中的岚山道谢似的。因为是在岚山开的店，总归是一种客套话吧，但庆子听了却透着稀罕。

"真好吃，先生。我喜欢这家面馆。"庆子说。这是出租车司机告诉她们的面馆。因为下雨，音子包了四个小时的车来的。

虽然是花季，时逢下雨，岚山一带，游客意外的少。这也是音子觉得"下雨也挺好"的理由之一。而且，春雨如烟，使河对岸的山峦愈发显得柔美。从面馆出来，一边眺望青山，一边朝停车的地方走去，烟雨霏微，甚至不用撑伞，也觉不出淋湿。细细的雨丝，不等飘洒到河里，便消失得没些个痕迹。山上，绿叶嫩芽之间，樱花点点，万木虽已发芽抽叶，其色不一，春雨中，却更见莹润调和。

因春雨而格外美的，不独是岚山一处。苔寺、龙安寺，也同样如此。苔寺的庭园里，春雨打湿的青苔，色泽十分鲜艳，上面，马醉木一粒粒的小花，白花花地落了一片；绿的白的之中，间或落有一朵红的山茶花。茶花形状完好无缺，面朝上，宛如开在上面一样。龙安寺石园里的石头，经过雨淋，也各显其色。

"古伊贺瓷的花瓶，摆在茶会上，是要先淋湿的。这石头与花瓶也一样呢。"音子说。但庆子不懂什么伊贺花瓶，对眼前石园里石头的色泽，并没有多深的感触。

但园内路旁树上积的雨滴，经音子一说，看了一眼，倒留有印象。小松树的松针尖上，都雨珠挂零。每一枝松针尖上都带着一滴雨，松针好比花茎，宛如灿然开放的露水花。要是不留心,便会忽略过去,真是妙不可言的春雨之花。不单是松叶,枫树上刚抽芽还未舒展开的嫩叶上,也挂着雨珠。

松针尖上存着一滴雨珠,当然不限于京都,别处也会有,但庆子能留心切实去看,这还是头一回。于是便以为是京都所特有的。这样,松针上的雨珠,面馆老婆婆的寒暄,就都成为庆子对京都最初的印象了。也许是因为庆子新来乍到,又是音子初次带她出门的缘故。

"那家面馆的老婆婆,现在还硬朗吧?"庆子说,"那次以后,就没再去过岚山呢,先生。"

"可不是嘛。冬天的岚山与春秋别是一番光景,我觉得最好……潭水的水色也显得冷澈深幽。下回去看看吧。"

"还要等到冬天呀?"

"冬天,说话就到呢。"

"哪那么快呀。这往后要过夏天,还要过秋天……"

"几时去都成啊。"音子笑着说,"哪怕明天……"

"明天就去吧,先生。我会跟面馆的老婆婆说,夏天的岚山也挺好。她又该道谢说,哎哟,那就多谢您啦。这回是替热天道谢。"

"也替岚山,对吧?"

庆子望着河里说:

"先生,等到了冬天,河边上该不会有成双作对的人了吧。"

这里恐怕不能叫作河边。凉台下的御灌河与鸭川之间,以及鸭川与东边水渠之间,有两道河堤,成了散步道。河堤上,一对对的年轻情侣很多。可以说,不是来幽会的,几乎没有。领着孩子来的,简直难得见到。年轻的情侣,相偎相依地走着,或者厮靠着坐在水滨。随着暮色渐深,人数也越发多了起来。

"这种地方,冬天很冷,怎么待得了哇?"音子说。

"谁知道能不能持续到冬天呢。"

"持续什么……"

"他们的爱情……其中能有几对,固然说不好,但准有人,等到冬天,已经连面都不愿意见了。"

"看着他们,你心里竟在想这些个?"对音子的问话,庆子只是点了点头。

"为什么非要想这些个呢?"音子接着问道,"你还那么年轻……"

"因为我才不像先生那么傻,对那个叫自己吃苦头的人,竟会相思二十年!"

"……"

"明明是给大木先生遗弃了,可先生究竟要到什么时候才真能明白过来?"

"别说得这么难听!"音子转过脸去。庆子伸出手,一边把音子后颈散开的短发拢上去,一边说:

"先生,您把我遗弃了试试看……"

"什么?"

"先生现在能遗弃的人,唯有庆子了。遗弃一下看嘛……"

"什么叫遗弃呢?"音子搪塞似的说,眼睛却与庆子对视着。自己用手把方才庆子拢过的短发又拢了上去。

"就像先生被大木先生遗弃那样。"庆子缠上身来,窥探着音子的眼色说,"先生给人遗弃了,自己又不肯承认,仿佛从来没想过似的……"

"遗弃啦,被遗弃啦,这话多难听呀。"

"说得明白些才好呢。"庆子目光妩媚地说,"那么先生,大木先生到底把您怎么的了?"

"离开了呗。"

"才没离开呢。先生心里,直到今天还有大木先生,而大木先生心里,也还有音子先生……"

"庆子,你到底想跟我说什么?你这人,真是莫名其妙。"

"先生,今天我还以为被您遗弃了呢。"

"方才在家里,我不是说是我不好,向你赔不是了吗?"

"是我先赔礼道歉的嘛。"

事后为了和解,音子才领庆子到木屋町的凉台来。然而,两人心里是否真的和解了呢?庆子似乎不安于没有波澜的情感,总要跟音子顶撞,斗嘴,闹别扭,这已成了家常便饭,但是今天却与平日不同,她坦白出与大木在江之岛过夜的事，实在伤了音子的心。她感到，一向以为在自己怀抱里的庆子，竟好似一头猛兽，向自己扑了过来。庆子虽然口口声声说，要替音子向大木报仇，音子倒觉得，庆子是在向音子报仇。同时，对身为男人的大木，音子感到新的恐惧与绝望。竟会有他这种人，居然能跟音子的弟子调情做爱。

"先生，您不会遗弃庆子的，是吗？"庆子又问。

"既然那么想让人遗弃你，遗弃了也好。这可是为你好，对不对？"

"不，我不爱听这种话。"庆子摇头说，"我从来没想过要为自己好。只要能待在先生身边……"

"离开我，于你有好处。"音子竭力平静地说。

"先生心里是不是要赶走庆子？"

"没的事。"

"真高兴，先生。我还以为给遗弃了呢，好伤心。"

"那不是说的你自己吧？"

"说我自己……庆子要抛弃先生？"

"……"

"庆子就是死,也不会离开先生的。"庆子热情地说,抓起音子的手,又去咬音子的小指。

"好痛!"音子缩起肩,抽回手指,"人家不痛吗?"

"成心要咬得你痛!"

订的菜已经端到凉台上来了。女侍摆菜的工夫,庆子矜持地转过头去,望着睿山上的一处灯火。音子有一搭没一搭地跟女侍搭讪,一只手盖住另一只手的手指。总觉得庆子的牙印还留在上面。

等女侍走进房子里,庆子用筷子将汤里的鳗鱼豁开,送进口中,低着头说:

"先生,把庆子遗弃掉,那多好。"

"你好难缠呀。"

"我呀,先生,总觉得自己会被喜欢的人遗弃掉。先生,我这人很难缠吗?"

"……"

音子没有回答。心里寻思,女人跟女人,是不是比跟男人更难缠?一想这些,平日那种苦涩的滋味,不禁翻涌上来,有如针扎一般。庆子咬过的小指,本不该再痛,也似针扎样地痛。咬小指这些事,不也等于是音子教她的吗?

庆子刚住到音子身边不久,在厨房里炸东西,忽然急忙跑到音子那里说:

"先生,油溅了出来……"

"烫着了吗?"

"火辣辣地疼呢。"庆子把手伸到音子的面前,指尖发红。音子拿过她的手,说:

"这一点,还没到烫伤的程度。"说着就把庆子的那只手指含在口里。因为事出突然,等到舌头碰上庆子的手指,这才发觉。音子一怔,赶紧抽了出来。这回庆子自己倒把手指含进了口中。

"先生,舔舔会好吗?"

"庆子,炸的东西怎样了?"

"哎哟,真是的。"庆子说着向厨房跑去。

从那以后,也不知过了多久。夜里,音子有时把嘴唇贴在庆子的眼皮上,有时含着她的耳朵。耳朵怕痒,庆子扭动身子叫起来。正是那声音,诱使音子这样的。

对庆子这样做时,音子想起了往事。从前大木对音子也是这样的。也许因为音子还是少女吧,大木没有性急地去吻她的嘴。只是亲她的前额、眼皮、脸颊,让少女的音子习惯于此,放松下来。所不同者,庆子比那时的音子大两三岁,而且都是同性。音子那时接受大木同样的爱抚。相比之下,庆子的反应更为强烈。很快便沉溺其中。

但是,音子一想到,自己是用从前大木相同的做法对待庆子,不由得一阵揪心,深自内疚。与此同时,又感到一种令人战栗的勃勃生气。

"先生,不。先生,不。"庆子一面喊,一面将赤裸的胸脯靠到音子的胸脯上。"先生的身体不也一样吗?"

音子嗖地将身子躲了开去。

庆子跟着又靠了过来,说:"对吧,和我的身子一样哩。"

"……"

"一样是不是,先生?"

音子疑心庆子阅历过男人。冷不防庆子这样说,音子还很不习惯。

"不一样。"音子小声嘟哝着,庆子的手却朝音子的胸脯摸了过来。虽然没有一点犹豫,手指和手心却似带些儿羞涩的样子。

"讨厌!"音子抓住庆子的手。

"先生,你滑头,真滑头呀。"庆子指头上用了力。

二十多年前,十六岁的少女音子,胸脯给大木年雄摸的时候,曾喊过:

"先生,不。先生,不。"音子的这句话,大木在《十六七岁的少女》中,照实写了进去。即使没写,按理音子自己也不会忘记,但写上了,倒好像成了千古不变的话语似的。

可是,庆子方才也说了同样的话。会是因为庆子看过《十六七岁的少女》吗?还是在这种场合,女孩子照例都会这么说呢?

《十六七岁的少女》中,描写过音子十六岁的乳房。如此可爱之物，得以盈手一握，实乃人生之大幸，天赐之艳福。大木在对话中，曾写过这层意思。

音子生下孩子后，没有喂奶。乳头上还留着很深的颜色。二十年过去了，那颜色，才褪掉一点点。三十三四岁后，乳房眼看着瘪了下去。

洗澡的时候，那对瘪了的乳房，曾被庆子看见过，还用手去摸过，准是想试个究竟。音子以为庆子会说什么，庆子却压根儿什么也没说。而且，由于庆子的缘故，音子的乳房一天天重又丰满起来，两人明明知道，竟谁都不提。也许庆子把这视为自己的胜利，故而一声不言语，这倒显得有些反常。

音子有时觉得胸部的丰满，是受了病态而不道德的诱惑，陡然会感到莫可名状的羞耻。但是，一个快四十的人，身体有了变化，由此而来的惊诧，比什么都来得大。那种惊诧，比十六岁那年因大木的缘故，以及十七岁上怀了孩子，胸部发生变化所引起的惊诧，当然大不相同。

音子被迫与大木分手后，二十年来，没有让人碰过胸脯。这期间,音子作为女人韶光空度,年华似水。后来,能够碰音子乳房的,是同性的庆子的手。

随母亲搬到京都以后,音子也有过几次恋爱与结婚的机会。但音子一直逃避恋爱。一旦知道对方爱上自己,对大木的回忆,蓦然间会变得栩栩如生起来。那与其说是追忆,不如说等于现实。十七岁与大木分手时,音子曾立志终身不嫁。不,是悲哀乱了她的方寸,连明天的日子尚且顾及不了,遑论婚嫁之事。终身不嫁的念头,一经闪过脑海,年深日久,便成了不可动摇的了。

音子的母亲,当然希望女儿结婚。搬到京都住,也为的是远离大木,好让女儿的心能够平静下来。所以,并没有打算在京都长住。

来到京都以后,母亲一方面安慰女儿,一方面观察女儿的动静。头一回向女儿提出婚事,是音子二十岁的时候,仇野念佛寺举办千灯供养的那天晚上,在嵯峨野的深处。

作为无主孤魂的坟墓标志,是那一座座小小的旧石塔，不计其数地排列在西院的河畔，飘荡着无常之感。看着石塔前供奉的"千灯"点亮，音子的母亲不禁泪水盈盈。那夜晚的一片漆黑，那微弱的点点灯火，尤给林立的石塔，徒添人生无常的氛围。音子发觉母亲流泪，却没有作声。

两人回家走的田野小径，也暗幽幽的。

"真寂寞啊。"母亲说，"音子不寂寞吗？"

母亲说了两遍寂寞，但前一句和后一句意思似乎不同。母亲于是说出，东京的熟人来提亲的事。

"我不能结婚，觉得很对不起妈。"音子说。

"哪有不能结婚的女人。"

"有的嘛。"

"音子要是不结婚，妈妈，还有音子，将来都要变成孤魂野鬼了。"

"我不懂，变成孤魂野鬼是怎么回事？"

"就是死后没亲人供养了呗。"

"这我知道。但我不明白，那又怎么样？"

"……"

"反正是死后的事不是？"

"也不见得就是死后的事呀。没有丈夫孩子的女人，活着还不是像个孤魂野鬼似的？你想想看，我要是没你这么一个女儿，会怎么样？虽然音子还年轻……"母亲游移了一下，说："你是不是常画婴儿的像？究竟打算画到什么时候为止？……"

"……"

关于男方的情况，母亲把人家告诉她的，尽其所知，一股脑儿都说了。据说是个银行职员。

"如果有意思相亲，就上东京看看吧，也好久没去了。"

"听了这种话，您知道我看见什么了吗？"音子说。

"看见——什么？"

"铁格子！看见了医院病房窗上的铁格子！"

母亲倒抽了一口冷气，一声不响了。

后来，母亲在世期间，又提过两三次亲。

"对大木，你就算想他一辈子，不也没法告诉他不是？岂不是不能叫他了解你的心吗？你又怎么能对他尽那份情呢？"与其说母亲是晓之以理，倒不如说是在动之以情，劝她结婚。"那个大木等也是白等，你等他，就像等待过去一样，流水与时光是不会倒流的。"

"我没等什么。"音子回答说。

"仅仅是回忆吗？……仅仅是忘不了吗？……"

"不，不是的。"

"唔？"

"……"

"不是有句话叫少不更事吗？可音子在少不更事，浑浑噩噩的时候，就让大木给抓住了，也许受的伤更深，伤疤也更难平复。对小女孩，做出这么狠心的事来，我那时真是好恨大木呀。"

母亲的这些话，留在音子的心里。她也曾想过，正因为是少不更事的少女，才可能有那样的爱的吧？十六岁的音子，的确还是个孩子，浑浑噩噩不懂事。但唯其如此，她那盲目的狂热，才能那么奔放无羁。一面哆嗦着，一面咬住大木的肩膀，连出了血都不知道。

音子那时已同大木分开。来到京都，读《十六七岁的少女》，最令她吃惊的，是大木每次与音子幽会，一路上都在琢磨来琢磨去，今天拥抱音子时该怎么弄她。而且，大体上都能照他想好的做去。大木写道，路上边走边想，心里高兴得直发颤。然而，男人会如此这般，音子唯有惊讶而已。身为被动的女人，何况是少女的音子，连想也想不到，那些方法和顺序，竟是男人事先筹谋好的，她们只是任其摆布，应其所求罢了。因为是少女，对大木反倒不觉得奇怪。而大木因此，却把音子写成异常的少女，是女人中的女人。他还写道，由于音子，他使尽拥抱女人的一切招数。

看到这些，音子因屈辱而非常恼火。可是，却又分明忆起那些拥抱的方式，简直遏制不住，浑身僵得竟要哆嗦起来。过了一会儿，渐渐平静下来，一阵欢喜与满足之感油然而生，遍布全身。往日的爱情，在现实中又复苏了。

从仇野千灯供养归来的幽暗小路上，音子所见到的，并不仅仅是病房铁格子窗的幻影，同时还浮现出自己被大木拥抱着的身姿。

倘如大木没写他使尽了拥抱女人的一切招数，自己被大木拥抱的身姿，经过漫长的岁月，恐怕也不会那么栩栩如生地留在记忆中。

在江之岛的旅馆里，庆子被大木拥抱，紧要关头时——

"不由得喊起'上野先生，上野先生'来，结果竟没把我怎么样。"听到庆子这话，愤怒，嫉妒，加上绝望，使音子脸色发青，但其中自也感到，大木也忆起了音子。不只心里想起，会不会刹那之间，他连拥抱音子的姿态都清清楚楚浮现了出来呢？

随着岁月的流逝，与大木拥抱的姿态，在音子心里，渐渐地得到了净化。那姿态，已从肉体的变为心灵的了。如今的自己是不洁净的。如今的大木想必也是不洁净的。可是，二十几年前，两人拥抱的身影，现在在音子眼里，是纯净的。是自己，而非自己，非现实，而为现实。那姿态，已由两人升华而为神圣的幻象了。

忆起往日大木对她的作为，现在又故技重演去拥抱庆子的时候，音子生怕那神圣的幻象被玷污以至消失,但神圣的幻象依然还在。

庆子当着音子的面,照样往小腿、胳膊、腋下涂脱毛剂。刚来这儿的时候,当然是背着音子的。那时浴室里逸出一种难闻的气味。

"做什么呢?有股怪味儿,是什么呀?"音子问,庆子也不理。音子不需要用脱毛剂,所以不知道是什么。她的皮肤光滑得连汗毛都没有。

头一次看见庆子竖着腿,涂脱毛剂时,音子吃了一惊,皱起眉来。

"好难闻,什么呀?难闻死了。"

药水擦去,毛也随之脱落。

"哎呀,真恶心人!别弄了,别弄了!"音子捂上眼睛,"寒毛都要竖起来了。"

音子真的打个寒噤,起了鸡皮疙瘩。

"做这么恶心人的事!干吗要做这种事呢?"

"哟,先生,别人不都这样做吗?"

"……"

"有毛,先生摸了,该多不舒服!"

"……"

"我是女人嘛，毕竟……"

她的意思是，为了让音子摸，才要把毛去掉的。即便音子是个女人，庆子也希望自己的肌肤，有女人的光滑细腻。音子目睹脱毛情景所感到的嫌恶，以及庆子话里那露骨的情爱，心中不由得苦闷起来。刺鼻的恶臭，直到庆子到浴室把药冲去之后仍未消失。

庆子回到音子身旁。

"摸摸看，先生。这下可滑溜了。"说着掀开下摆，伸出腿。庆子的白腿，音子只瞥了一眼，手没去碰。庆子自己用右手摸着小腿，一边说：

"先生，干吗那么愁眉苦脸的？"她盯住音子，眼色之间表示事已如此，何必后悔。倒是音子躲着她的目光。

"庆子，下次到别处去弄，别叫我看见。"

"我再也不想瞒着先生做什么事了。也没什么事好瞒着先生的了。"

"可是，我讨厌的事，别让我看见还不行吗？"

"这种事,见惯了也就不当回事了。跟剪脚趾甲一样嘛。"

"在人面前剪指甲,磨指甲,是没礼貌的。你一剪起指甲,掉到各处都是……下次剪,手要接住,别乱掉。"

"好的。"庆子顺从地点点头。

从那以后,庆子除手脚毛没故意让音子看,但也没躲起来弄。而音子却总也瞧不惯,像庆子说的那样。不知是庆子换了别的脱毛药呢,抑或是同一牌子的药有了改进,臭味不像以前那么厉害了。不过庆子脱毛的样子,仍让音子感到恶心。擦去小腿和腋下的药时,毛也随着脱落下来,音子简直没法看。于是便躲到眼睛看不见的地方去。然而,嫌恶的背后,似有团小火在明灭不已。那团火又远又小,连心灵的眼睛都难以捕捉,但却不像色情的震颤,既静谧,又清纯。那静谧与清纯,是因为她想起了二十几年前的大木年雄,还有少女音子自己。音子看到庆子脱毛的光景感到恶心,恶心之中有种压迫感,那是女人与女人肌肤相触引起来的。每逢那时，未及反省，便欲呕吐。但是，只要想起大木，便会出奇地镇静下来。

被大木拥抱时，音子从没想过自己的腋毛。而且，也没想过身为男人的大木有没有。体肤相亲时也不知道。难道说是她糊涂吗？相比之下，音子对庆子，却要从容得多，她成熟为一个可厌的中年女人了。从十七岁被迫离开大木，直到接触庆子，音子始终是独身一人。这期间，作为一个女人，音子已完全成熟，又因庆子而有了自觉，连她自己都惊愕不已。倘如音子接触的不是女人的庆子，而是男人的话，那么，一直藏在她内心深处对大木的一腔热爱——那神圣幻象，岂不瞬时便会被打破？她有时甚至还这样担心过。

音子被迫与大木分开，曾自尽过，却未果。万一死成了，短暂的生命，何其完美！这个念头在音子心里，始终不失其真诚。她甚至还想，在自杀未遂之前，婴儿夭折之前，要是难产死掉，就无须给关进精神病房的铁窗里，那就更完美了。悄然流逝的漫长岁月，净化了大木所造成的创伤。

"在我，你实在是可爱得我不配领受。这简直是人间天上，奇迹般的爱。要回报这幸福，唯有以死相酬，难道还有其他？"大木的这些甜言蜜语，音子至今还记忆犹新。这娓娓动听的情话，已是大木的小说《十六七岁的少女》中的对话，这话甚至使人觉得，已不属于作者的大木，或是模特儿的音子，似乎成为人世间永恒不朽的话语了。换言之，曾经相爱过的两人，往日的音子和大木，或许已经消亡，但他们的爱，却永存于文学作品之中，而成为不朽。音子的悲哀里，既有慰安，也有留恋。

音子的母亲留下一把剃刀。连汗毛都没有的音子，虽然一年中用不上一次，不过，有时忽然想起来，会用母亲的剃刀刮刮后颈，前额和嘴角。有一次，看到庆子要脱毛，出其不意地说：

"庆子，我来给你刮。"从梳妆台里找出母亲的剃刀。庆子一见剃刀，便说：

"不！先生。多吓人哪，我怕。"赶紧逃走了。这一逃，反倒引得音子去追。

"不会有危险的。来,我给你刮。"

庆子给捉住后,并没有挣扎,勉勉强强地被带到梳妆台前。当音子在她胳膊上涂好肥皂,把剃刀挨上去时,庆子的指尖竟然直打战。为这点子小事,庆子居然会发抖,音子实在没有料到。

"不怕,没危险。别动,也别抖……"

可是,庆子的不安与畏惧,更刺激了音子。反是一种诱惑。音子也浑身发僵,从胸部到肩膀,都使上了力气。

"腋下,有点怕,就算了吧。脸上……"听音子这样说,庆子便说:

"等等,让我喘口气。"庆子一直屏着气的。

音子刮了庆子的眉梢,还有嘴角。刮前额的时候,庆子始终闭着眼睛。音子手托着庆子的脖子,庆子头上的重量靠在音子的手上,稍稍向上仰着脸。修长的脖颈,吸引住音子的目光。跟庆子的性情大不相似,脖颈那么纤细,柔弱,端正,娇嫩,闪耀着青春的光辉。音子停下手,于是庆子睁开眸子,问道:

"怎么啦,先生?"

如把剃刀扎进这可爱的脖子,庆子就会死去,音子忽然这样想。从这最可爱的地方,扎上一刀,顷刻之间,真是轻而易举。

虽然没有庆子的脖颈那么美,但音子的脖颈也像少女一般纤细,曾经被大木搂过。

"憋死了……会死的呀!"音子喊道,脖子给大木使劲勒得透不过气来。

那种窒息憋闷的感觉似又复苏,望着庆子的脖颈,音子几乎要晕过去。

音子给庆子刮汗毛,只有这么一回。后来庆子再也不肯,音子也不勉强。每次用梳子什么的,开梳妆台的抽屉,音子总要看到母亲的剃刀。有时会想起,刹那间脑海里闪过的那一丝杀意。当时,万一把庆子杀死,自己恐怕也非死不可。那丝杀意,微弱得连过路的魔障都算不上。事后倒觉得,像一个温和的魔障。这是不是又逃过一次死的机会呢?

音子知道,在那一闪而过的杀意中,依然潜藏着与大木之间早已逝去的爱情。而那时,庆子尚未见过大木,也未曾插身于大木与音子的爱情之间。

而如今,听说庆子跟大木在江之岛旅馆过夜,音子同大木往日的爱情,仿佛在音子的心中燃起一团莫名之火。在那团烈火之中,音子看见一朵盛开的白莲。她与大木的爱,庆子也罢,别的什么也罢,是任何物事都玷污不了的,那是梦幻之花。

——木屋町茶楼的灯火,辉映在御灌河上,音子的心目中,虽有一朵白莲,眼睛却望着河上的点点灯火。她低头俯视良久,然后,抬头眺望祇园对面的东山,那一脉黑黝黝的连峰。山的线条沉稳而圆浑。山上笼罩着的夜色,好似悄然向音子倾泻过来。对岸河畔路上来往的车灯,河堤上幽会的情侣,此岸这一排茶楼凉台上的灯火与顾客,这些音子都视而不见,唯有东山上的夜色,在音子心中弥漫开来。

"《婴儿升天图》得赶紧画了。趁现在就画好。要不快些画,没准儿会画不成呢。以后即便能画出来,说不定会画得不一样,缺少爱与悲哀的情思……"音子心里在这样念叨。这突然的心血来潮,许是因为看见了火中莲花之故吧?

她那澎湃的心潮,很是纯净,连庆子这姑娘,也觉得像火中莲花一样。为什么火中会盛开白莲呢?白莲在火中为什么不会枯萎呢?

"庆子。"音子喊了一声,"心情好了吗?"

"只要先生心情好,我就开心了。"庆子讨好似的说。

"直到现在,庆子最悲哀的事是什么……"

"是什么呢?"庆子不经心地接过音子的问话说,"多得很,我也不清楚。等我一件件想起来,回头再跟先生说。不过,我的悲哀都很短暂。"

"短暂?"

"是啊。"

音子凝视着庆子的面庞,沉声说道:"只有一件事,今晚我要求你。求你别再去见镰仓的人了。"

"是大木先生吗?还是他儿子太一郎?"

音子叫这意外的反问,刺了一下。

"两个都是。"

"我只是为替先生报仇,才去见他们的。"

"又来这一套。你这人,真想不到,太可怕了。"音子几乎变脸,忽然莫名其妙地,竟要流出眼泪来,于是闭上了眼睛。

"先生是胆小鬼,先生是胆小鬼……"

庆子说着站起来,绕到音子身后,两手按住她的肩膀,然后抚弄她的耳朵。音子感到一片寂静,随即耳中听到河中潺潺的流水声。

青发千丝

"哎呀!老爷,老爷。"妻子在厨房喊大木。"有位玉体硕大的鼠太太光临,躲到煤气灶下面去了。"

"是吗?"

"好像还带着鼠少爷呢。"

"是吗?"

"唉,请老爷移步过来看看就好了,方才……"

"方才,鼠少爷还露了露他那可爱的尊容呢……"

"哦。"

"用一双亮晶晶、黑溜溜的美目瞧着我哩。"

大木正在起居室里看早报,飘来一阵酱汤的香味。

"哎呀,漏雨啦。在厨房的上面。听见了没有?我说大老爷。"

起来时即已下雨,骤然间竟变成滂沱大雨。与此同时,大风摇撼着小山上的树林和竹丛,忽而一转,向东刮来,雨脚横斜。

"听不见哪,外面的风雨那么大……"

"过来看看好不好?"

"嗯。"

"雨珠小姐摔在屋瓦上,缩起娇躯,通过窄缝,直落到天花板上,必是痛得很哩。状似泪珠的雨珠小姐,会不会真的摇身一变而成眼泪,哭起来呢?"

"言之有理。"

"今晚放上捕鼠笼子吧。铁笼子在储藏室的架子上搁着。我够不着,回头你给拿下来吧。"

"让鼠太太母子屈尊,关进笼子里,这样好吗?"大木眼睛不离报纸,慢吞吞地回答。

"漏雨怎么办?"文子问。

"厉不厉害?是不是风雨交加的缘故?等明天我上

房顶看看再说。"

"那多危险，您老先生……房顶让太一郎爬吧。"

"谁是老先生？"

"五十五，在公司，或在报社，不是该退休了吗？"

"说得好。那就让敝人也退休吧。"

"请吧，悉听尊便……"

"小说匠究竟该到多大年纪退休？"

"直到死也不退休。"

"你说什么？"

"对不起。"文子道了歉，恢复平时的声调说，"我的意思是说，可以一直这样写下去。"

"这种期望，可太要命了，老婆的期望则更加要命……好像魔鬼挥舞着烧红的铁棍，站在身后一样。"

"说谎的本事倒越来越大了。我几时打过你屁股来着？……"

"哼。捣乱总有过吧。"

"捣乱？……"

"各个方面，包括嫉妒。"

"嫉妒在女人是免不了的，苦口良药中含的毒药，剧毒，托您的福，从年轻时起就全领教过了。"

"……"

"还有多刃妖刀……"

"伤害对方，也伤害自己……"

"不管你再有什么事，我现在也不会跟你离婚，或是去寻死了。"

"老人离婚令人讨厌，但老人殉情，却最为可悲。那要是上了报，年轻人会憧憬年轻恋人的殉情，而与之相比，老人看到老人自杀的消息，那悲哀岂不更为深切！"

"提到殉死，是因为你曾深切地考虑过……尽管是很久以前，年轻时的事……"

"……"

"不过，愿意一起情死，或想一起情死，你这种深切的心情，好像没好好向对方少女表示过，对吧？现在想起来，当时要是告诉她，是不是会更好？她虽然自杀过，大概做梦也没想到，你也有殉情的心思。岂不怪可怜的?"

"她没自杀成。"

"虽然未遂,可也是真心哪,跟自杀还不是一回事!"

文子显然说的是音子。似乎在炒猪肉圆白菜,炒锅里的油,吱啦作响。

"酱汤煮过火候了。"大木说。

"是,是,知道了。阁下的贵酱汤,我总是……这么多年里,为了贵酱汤,不知挨过多少骂。就因为你,把各地的大酱,全搜罗了来……"

"……"

"你是想把糟糠妻弄得一身酱臭,对吧?"

"你知道大酱用汉字怎么写吗?"

"可以用平假名嘛。"

"连着写三个御字:'御御御酱'。"

"是吗?跟'御御御足'一样,要写三个御字?"

"自古以来,凡是连写三个御字的菜,都是珍馐美味,火候、味道,最难掌握呢。"

"今朝的'御御御酱',未能精心做成美味的御酱汤,令阁下心中不悦吧。"

文子连大老鼠、漏雨等词儿,也一味滥用敬语,常常以此来调侃丈夫。外地出身的大木,至今还写不好东京土话中地道的敬语,有时越弄越糊涂,便向在东京土生土长的文子讨教。但妻子告诉他,又不肯老老实实听,往往从刨根问底的议论,直到无休无止的争吵。大木硬说,东京土话不是标准语,是传统不深、粗俗鄙野的方言,是乡下土话。关西土话,不管议论什么人,习惯上总是用敬语,而东京土话说到别人,却非常没有礼貌。关西土话,对鱼虾、蔬菜、山川、房屋、道路,以及日月星辰,天时气候,全用敬语。大木对妻子,毫不让步。

"你既然这么说,去跟太一郎商量好了。太一郎可是国文学家哩。"文子抢白道。

"太一郎懂得什么!在国文学家里,他也许算个小角色,但从没研究过什么敬语法。他们那帮学者,彼此交谈,首先,既杂乱又粗俗,简直不堪入耳。至于他的研究与评论,更写不出道地的日文来。"

其实,大木写东京土话,不乐意找儿子商量,或接受指教,是他嫌麻烦。问妻子要随便亲切得多。可是,对于敬语,大木刨根问底一追问,连文子这个东京人,也会给问糊涂。

"一个国文学家,能写出格调纯正、文理通顺的日文的,也许只有从前的那些汉文修养深厚的人。该劝劝太一郎才是……"

"那同平时说的话不一样嘛。日常会话里稀奇古怪的新词儿,每天如同鼠太太生小少爷似的造了出来,不管三七二十一,连重要的东西,也乱咬一通,变得叫人眼花缭乱……"

"结果寿命很短,即便留下来也成了古董……同我们的小说一样,能保留五年的,极其少见。"

"流行的时髦话,能保留到明天就不错了。"文子一边说,一边把早饭端到起居室。同时,脸上不露声色地说:

"我这条命,从你想跟那位小姐一起情死时起,倒居然还能苟延残喘到今天。"

"为人妻者,也没有退休的嘛。好可怜……"

"但可以离婚哪……一辈子哪怕一次也好,我也曾想尝尝离婚的滋味呢。"

"现在也为时不晚嘛。"

"已经没那个兴致了。俗话说,后脑勺一秃,机会全要丢。"

"你后面的头发可是又密又没白。"

"但你脑门上也秃了,连抓住前面头发的机会也丢了。"

"我前面的头发帮我防止离婚,成了牺牲品。上哪儿找这样不会拈酸吃醋的太太哟……"

"我要生气啦。"

这对中年夫妇,一边斗嘴说些无聊的话,一边照例吃他们的早饭。文子看起来挺高兴。从方才的话里也能肯定,她想起了《十六七岁的少女》中的音子,但今天早晨似乎无意于深究过去。

大雨已过,渐渐停息下来。然而,尚未云开日出。

　　在画绢的顶上方，只画着一朵红牡丹。花朵对着正面，比真的还大。叶子稀疏，下面有一朵白的花蕾。

那时已经开始采茶了,但她的写生画里却没有采茶姑娘。整个画面,满是一垄垄圆坨坨高高低低的茶树。

以石园而论，这园子不是最古老也最遒劲的么？无论画得成画不成，音子都不在乎。

因春雨而格外美的,不独是岚山一处。苔寺、龙安寺,也同样如此。

木屋町茶楼的灯火,辉映在御灌河上,音子的心目中,虽有一朵白莲,眼睛却望着河上的点点灯火。

　　短短的眉毛，周整的弧线，又漂亮又可爱，覆在黑溜溜的眸子上面，显得一片天真。

随着庆子的走动,松影才在她白色的和服与面庞上摇曳。枫枝低垂,几乎要碰到头顶。

"太一郎还在睡吗?叫他起来。"大木说。

"嗯。"文子点点头说,"不过,我去叫,他不会起来的。准会说,学校放暑假,让人家睡嘛……"

"今天他要去京都吧?"

"在家吃过晚饭,直接去机场就行了。"

"……"

"京都那么热,去做什么?"

"你问太一郎不好吗?说是突然想去二尊院的后山,看三条西实隆的墓。似乎想围绕《实隆公记》进行研究,打算写学位论文……你知道实隆是什么人吗?"

"是朝廷的大官吧?"

"那是当然的了。应仁之乱[1]前后,在足利义政的东山时代,当官一直当到内大臣,同连歌师宗祇一些人交往密切,总之,乱世之时,一些大官竭力保护文学艺术,使之流传,他是其中之一。留下一部庞大的日记《实隆公记》。为人似乎很风趣。太一郎大概想以

---

[1] 室町时代的应仁元年(1467)至文明九年(1477),京都发生权力之争,长达十一年之久。之后,幕府失去权威,开始群雄割据的战国时代。

《实隆公记》为主,去调查东山文化吧。"

"是吗?二尊院在什么地方?"

"小仓山的……"

"小仓山在什么地方来着……你好像带我去过吧?"

"很久以前啦。不就是《小仓百人一首》那个小仓山的山脚下吗?附近,传说有许多藤原定家的遗迹。"

"啊,是嵯峨呀!想起来了。"

"太一郎说要把那些可以写成小说的逸闻,连同无聊的细节都搜集来,让我写篇小说。真是无稽之谈。这些无聊的细节,大抵都是编造出来的,是越编越玄的口头传说。太一郎倒认为这能把小说某些部分写得生动活泼。看他说话的神气,自以为是个了不得的学者哩。"

文子没有表示什么,只微微点点头,露出一丝温和的微笑,几乎让人察觉不出来。

"去叫学者先生起床吧。"大木说着站了起来,"老子都要坐下来开始工作了,哪有儿子还在睡懒觉的。"

"是。"

大木年雄走进书斋,独自以手托腮,重新回味方才"小说匠退休"的玩笑话,这回可没有一点戏谑的意思。洗脸间响起漱口的声音。太一郎一边擦脸一边走了进来。

"这么晚才起。"父亲责备道。

"早醒了,躺在床上胡思乱想来着。"

"胡思乱想?……"

"爸爸,皇女和宫的墓发掘出来了,您知道不知道?"太一郎说。

"和宫的墓给挖了?"

"要说是挖呢,也可以这么说……"太一郎想使父亲的震惊平息下来,说道:"是发掘。为了学术调查,不是常要发掘古墓吗?"

"嗯。不过,和宫的墓,算不上古墓吧?她是什么时候去世的?……"

"是一八七七年。"太一郎明确地说。

"一八七七年?……那不是连一百年都不到吗?"

"是啊。可是,据说和宫已完全成了一堆白骨。"

"……"大木皱起了眉头。

"听说枕头和衣服都没有了,连殉葬品也一样不剩,唯有一堆白骨。"

"那太惨了。把那样的东西挖出来……"

"据说那姿态就像一个玩倦了的孩子,在那里打盹,又天真又优美。"

"那堆白骨……"

"是的。据说在头骨下面,有一束短发,黑黑的头发依旧散发出年轻女性的高贵。"

"你说胡思乱想,就是在想那堆白骨的事?"

"是啊,但也不光想那白骨的事。白骨之中,自有一段优美、妖艳,和幻化无常的故事……"

"什么故事?"大木仍然提不起兴致,没去附和儿子。不幸的皇女三十岁上死去,挖开她的坟墓,调查她的白骨,大木觉得无礼,很是反感。

"什么故事嘛……那是无法想象的。"太一郎说。"对了,我想让妈也听听,叫她来好吗?"

大木对拎着毛巾站在那里的太一郎,轻轻点了点头。

太一郎一边大声说着,一边把母亲带到书房来。将方才对父亲说过的话,又对母亲说了一遍。

大木为弄清事实,从走廊的书架上抽出一本《日本历史大辞典》,翻到和宫那页,然后点了一支烟。

见太一郎拿着一本薄薄的东西,像是杂志,便问:

"是出土调查报告书吗?"

"不,是博物馆的杂志。博物馆有位姓镰原的,在题为《美,焉能消失》的随笔中,写到和宫那梦幻一般的故事。调查报告里恐怕不会有。"太一郎顿了一下,盯着随笔,一边往下看,一边说,"和宫的两臂之间,发现一块玻璃板,比名片稍大。据说那是墓中跟白骨在一起仅存的一样东西。因为发掘的是芝增上寺德川将军家的墓葬,所以和宫的墓也要打开来看看……那块玻璃板,听说负责染织的人想弄清楚,究竟是化妆镜还是湿板照片,便用纸包起来,拿回博物馆去了。"

"湿板,玻璃照片?……"母亲问。

"嗯。在玻璃板上涂上什么乳剂,趁湿显像……从前就有照片不是？就是那种。"

"哦，是那个？我也见过。"

"在博物馆里，染织学者将那块变得透明的玻璃板，对着光从各种角度去透视，说是看出一个男人的像来……结果还是照片哦。是个穿着武士礼服，戴着黑漆礼帽的年轻男子。像已经有些模糊了……"

"是家茂将军的照片吗？"大木也给太一郎引起兴趣，便问。

"嗯，可以这么认为吧。和宫是抱着先她而逝的丈夫的照片，化成了白骨，染织学者也这么认为。所以，打算第二天同文化遗产研究所商量，要设法把照片弄得更清晰些。"

"……"

"可是，第二天早晨，在光线下一看，影像竟然消失不见了。一夜之间，就变成了一块普通的玻璃。"

"哟！"母亲望着太一郎的面孔。

"是因为长年埋在土中，接触到地上的空气和阳光的缘故。"父亲说。

"正是。染织学者决不是因心理作用看到什么幻象,那确实是照片,还有证人。他正在看的时候,恰好警卫过来巡逻,便给他看了一眼,警卫也说,确是位年轻男子的像。"

"是吗?"

"随笔里这样写道:'实是一件幻化无常之事。'"

"……"

"可这位博物馆馆员是个文学家,文章并不以'幻化无常'做结束,他还加以想象。要说和宫真正爱的,该是那位有栖川亲王吧?白骨所抱的照片,会不会不是她丈夫家茂将军,而是情人有栖川亲王呢?也许是临终之际,和宫偷偷吩咐侍女,把情人的玻璃照片跟自己的遗体葬在一起的吧?这样,才与悲剧性的皇女更相符。他是这么写的。"

"唔?纯属想象吧。若真是情人的照片,从墓中挖了出来,倒是一夜之间便消失了的好。"

"随笔里也是这样写的。那张照片应该让它秘密地,永远埋在地下。出现在地上,一夜之间便影像全无,那应是和宫皇女所希望的。"

"就是嘛。"

"我以为,作家应捕捉这须臾即逝的美,予以再现,将其升华为甘美芳醇的作品。——这是随笔的结尾。爸爸要不要写一写?"

"这,我未必写得了呢。"大木说,"从发掘现场起笔,写成一篇紧凑的短篇小说倒不错……不过,那篇随笔不是写得挺好吗?"

"是吗?"太一郎有些抱憾地说,"今早我躺在床上看,一时遐想联翩,便想跟爸爸说说这事。回头您看看吧。"说着把杂志放在父亲的书桌上。

"好吧,我看看。"

太一郎站起来要走。

"和宫皇女的白骨……她的遗骸后来怎么样了?"文子问,"总不至于送到大学或是博物馆那种地方,当研究资料用吧?否则就太惨了。会不会照原样埋到坟里呢?"

"这,随笔倒没写,我也不知道。大概会照原样埋起来吧。"太一郎回答说。

"可抱着的照片没了,遗骸不是寂寞了点吗?"

"啊,这我却没想到。"太一郎说,"爸爸,要是小说,结尾会写到这一层吗?"

"那就会流于感伤了。"

太一郎离开书房。文子也要起身走开:"你该工作了吧?"

"不,听了这故事,要不散散步,心里不好受。"大木说着,离开书桌。"天晴了吧?"

"云还未散,不过暴雨之后,倒挺凉快的。"文子站在廊下,望着天空,说道,"从厨房出去吧,顺便看看漏雨的地方。"

"刚才还说和宫皇女是不是寂寞,马上又叫人去看漏雨。"厨房门口的鞋柜里,也有散步用的木屐。文子一边给丈夫摆好木屐,一边说:

"太一郎讲起坟墓,便要到京都看坟去,这好吗?"

"什么?"大木诘问道,"这有什么……不好的?你说话真是前言不搭后语。"

"谁前言不搭后语啦？听他讲和宫皇女时，就在寻思他去京都的事。"

"那是好几百年前，室町时代的墓葬呀。三条西实隆等人的墓……"

"太一郎去京都，是去看那位小姐的。"

大木又是一个意外。文子蹲在地上，给丈夫摆木屐，自然是低着头说太一郎去京都的事，现在站了起来，与正在穿木屐的大木，脸离得很近。文子的眼睛，盯住大木。

"那位美得惊人的小姐，你不觉得是个可怕的女人吗？"同坂见庆子在江之岛过夜的事，大木一直瞒着妻子，猛不防给问得张口结舌。

"我有种不祥的预感。"说话时，文子始终盯住大木的面孔，"今年夏天，还没打过一次像样的雷呢。"

"又说些莫名其妙的话……"

"像方才那样的骤雨，今晚若再下一场，保不准雷会打到飞机上呢。"

"胡说些什么……雷击飞机的事，日本还没有过呢。"

大木从妻子跟前逃也似的出了家门。那么大的一阵雨,竟没把雨云拂掉,天空阴沉,湿气浓重。然而,即使雨过天晴,恐怕大木也无心抬头看天。儿子到京都去会庆子的事,始终盘旋在大木的脑海。是不是去幽会固然不能断定,可没料到,经妻子一说,越发认定儿子是去幽会的了。

他离开书房,说要去散步的时候,本来打算在北镰仓众多的古寺中,随便去一处走走的,可听了妻子那番古怪的话,便又打消了这个念头。那里好像有坟墓,此刻觉得厌恶。大木登上一座离家较近、杂木丛立的小山。雨后的山上,散发出夏天的树木与泥土的气息。等自己的身子整个儿隐没在树叶之中,他不禁想起庆子的身体。

庆子那美丽的身躯,赫然先浮上眼帘的,是她的乳头。那乳头是粉红的,粉红中带些透明。日本人虽然是黄色人种,但有些女人细皮白肉,比白种人还要柔嫩光滑。白白嫩嫩的肌肤,仿佛自内往外透露出女人的韵味。较之西方少女白中透粉光光溜溜的肌肤,好似更加妙不可言。乳头上的那一点粉红,更是任何一国的女人,即便是少女,恐怕也是绝无仅有的。粉红色中,似有一种无可形容、若有若无的色泽。庆子的肌肤并不那么白,可乳头上的那一点粉红,润泽得像洗过一般。在浅棕色的胸脯上,宛如含苞欲放的花蕾。没有一些儿难看的小皱纹和小颗粒。衔在口中,与其说是大小可爱,不如说是小得可人。

然而,大木之所以先想起庆子的乳头,并不仅仅因为它美。在江之岛的旅馆里,她只让大木抚弄右边的乳头,却避开了左边的。大木刚要去摸左边的,庆子的手掌便紧紧地捂在上面。大木抓住她的手想拉开来,庆子扭动着身子,似要跳起来一样。

"不,不要嘛!求您了,求您了……左边的不行……"

"什么?"大木停下手,"为什么左边的不行?"

"左边的没出来。"

"没出来?……"对庆子的话,大木感到迷惑不解。

"不好。我不愿意。"庆子仍喘着粗气。这话也让大木一时难以意会。

庆子说的"没出来",是什么没从乳房里出来?"不好"是塌得变了形?是不是庆子多虑,认为是畸形?要不然,左右乳头形状不一样,怕人看了,年轻女孩儿感到难为情?这时,大木恍然想起,方才庆子给抱起来放在床上,胸和腿缩成一团,弯着左肘,好像左乳确实比右乳压得更紧。但是,在这之前以及后来,大木都曾见过庆子的胸脯和两乳。虽非有意察看两只乳头是否两样。若是左乳头有什么异样,该会引起大木的注意的。

结果,大木使劲拉开庆子的手一看,左乳头其实没有什么两样。仔细察看之下,左乳头只不过比右边的好似稍小一些而已。左右乳头略有不同,在女人来说,并不奇怪。何以庆子对左边竟避讳到如此地步呢?

越是遮掩撑拒,越是想去摸,大木死乞白赖地要摸她的左乳头,一面说:

"是不是左边的只让一个人摸?有那样的人吗?"

"不是那么回事。没那样的人。"庆子摇头否认。睁大一双眼睛,凝视着大木。因为大木的脸挨得太近,故而看不大出,她的眼睛濡润朦胧,纵非泪水,却也满含悲哀的神色,至少不是接受爱抚的眼神。然而,庆子立即闭上眼睛,放弃挣扎,让左边也随大木去弄,俨然一副"绝望"的样子。大木见状松开手,庆子怕痒似的动了动胸脯,起伏喘息。

是不是庆子的右乳是半处女,左乳是处女呢?这回大木知道了,庆子左右两边的感觉是不同的。也明白了庆子所说的左边"不好"的意思了。倘如是初次接受男人爱抚的女孩子,她的话是够大胆的。但这也许是年轻女孩耍心眼使的小把戏?女人左右两边不同的快感,反更能勾引男人,非亲自去体验一下不可。即使这种不同是与生俱来、不能治愈的,但女人的这种异常,唯因其异常,才更能刺激男人,更能留下深刻的印象吧。左右乳头感觉会有如此不同的女人,大木还从来没碰到过。

每个女人当然有其愿意受人爱抚之处,和爱抚的方式。这因人而异。可像庆子这样左右不同，是不是太极端了呢？而且，一个女人的喜好，其实就是男人的喜好，换句话说，是男人的癖好和习惯，养成了女人这样，这种情况不在少数。倘或如此，庆子无感觉的左乳头，对大木反倒更具诱惑力。并且，庆子左右之不同，恐怕是哪个不懂女人的生手给造成的吧？岂不是使庆子的半边还保留着处女吗？她的左乳头，格外地撩拨大木。不过，要想使她左右一样，得多次重复才行，要费相当的时日。大木不知道，以后是不是有那么多机会，能跟庆子常常幽会。

何况今天初次拥抱庆子，强求她不愿意的左乳头，是愚不可及的。于是大木避开，去找庆子身上她喜欢的地方。他找到了。等他动作狂猛起来，忽听：

"先生，先生！上野先生！"庆子在喊音子，大木一惊，有些畏缩，给推到一边。庆子脱开身，庄重地站了起来，好像在梳妆台前整理蓬乱的头发。大木觉得简直没脸，转过头去。

雨声又大了起来，使大木陷入孤独。孤独是何其恣肆骄横啊!

"先生,能不能老老实实地抱着我睡觉?"庆子回到大木面前,妖媚地说,一边从底下瞅着大木的脸。

大木的左臂搂着庆子的脖子,躺在那里什么也没有说。对音子的回忆不断兜上心头。倒是庆子把身子靠了过来。过了一会儿,大木突然冒出一句:

"闻到庆子的味儿了。"

"庆子的味儿……"

"女人的味儿。"

"是吗?怕是闷热的缘故吧……难闻是不?"

"不。不是因为闷热。是女人的香味……"

给一个不讨厌的男人搂着,过上一会儿,女人的肌肤自会散发出一种气味来。只要是女人,哪怕是少女,自己也无法抑制那股气味。这气味不仅能挑起男人的欲望,还能使他安心,得到满足。是女人衷心愿意以身相许,从体内散发出来的吧。

大木当然不能说得那么露骨,只把脸贴在庆子的胸脯上,让她自己体会这股香味。然而,庆子喊过音子之后，大木虽然笼罩在庆子的香味中，却只是静静地闭起眼睛。

所以，此刻大木在杂树林中，虽然想起庆子的身体，但最终留在印象中的，仍是庆子的乳头。不，与其说是留在印象中，不如说是庆子的乳头重又鲜明地浮现在眼前。

"不能让太一郎去会庆子！"大木斩钉截铁地自语道，"不能让他去！"

大木使劲抓住身边一棵树。

"怎么办好呢？"他摇着树干。树叶上还挂着的零星雨滴，纷纷落到大木头上。地面上依旧积着雨水，木屐尖也给沾湿了。大木扫视一眼荫庇自己的绿叶。那覆盖在头上的绿色，骤然间令人感到窒息。

为了不让太一郎在京都跟庆子见面，大木似乎只能把自己与庆子在江之岛过夜的事，告诉儿子了。如果不愿意这样做，那么给音子，或是直接给庆子，拍个电报行不行呢？

大木急忙赶回家里，进门便问：

"太一郎呢？……"

"太一郎去东京了。"

"东京？这会儿就走了？不是夜里的飞机吗？不是先回家一趟，然后再走吗？"

"不是。机场在羽田，回来再走太麻烦。"

"……"

"说是走之前，先要到研究室绕一下，所以老早就出门了。搁在研究室里的资料，他说要带一点走……"

"奇怪！"

"你怎么啦？脸色好难看。"

"……"

大木躲着文子的目光，进了书房。既没能告诉太一郎，也没打电报给音子或庆子。

太一郎搭六点的飞机到了大阪。在伊丹机场，庆子一个人来接他。

"这实在是……"太一郎不知怎么寒暄才好，"没想到你会来接我。真抱歉。"

"你不说谢谢我吗？"

"谢谢你。太抱歉了。"

看到太一郎的目光炯炯发亮,庆子温柔地垂下眼睛。

"是从京都来吗?"太一郎笨拙地说。

"是的,从京都……"庆子柔顺地回答,接着又说,"我在京都住,不从京都,从哪儿来呢?"

"可不是。"太一郎笑了笑,打量着庆子,直到腰带那里,说:"简直美得光艳照人,这会是来接我这样的人吗?我都怀疑起自己的眼睛来了。"

"你是说的衣服吗?……"

"嗯,衣服,腰带,还有……"太一郎想说,还有头发和脸庞。

"夏天,我觉得衣服穿得整整齐齐,腰带束得服服帖帖,才凉快。热天,穿着随随便便的,我不喜欢。"

并且,庆子的衣服和腰带好像都是簇新的。

"夏天我喜欢穿得素净些。腰带,挺素的吧?"

太一郎朝旅客行李领取处走去,庆子紧跟在他身后说:

"这腰带,还是我自己画的呢。"

太一郎回过头来。

"你看像什么？"庆子问。

"嗯，是水吗？是河里的流水？"

"是虹，是无色的虹……只有墨色浓淡的曲线，也许谁都看不出来，但我想让夏天的虹缠在身上。这是垂暮时分，高悬山头的虹。"说着，庆子转过身去，让太一郎看她身后薄绢素地圆鼓鼓的腰带结。鼓形结上，是起伏的青山。山上，一抹淡淡的暗红，渐渐地隐去，那是夕天暮色。

"前后不大调和吧？因为是个古怪的姑娘画的，所以是条古怪的腰带。"庆子依然背着身子说。渐渐隐去的那抹暗红的色彩搭配，以及后面头发拢上去后露出的修长的脖颈，吸住了太一郎的眼睛。

去京都的旅客，日本航空公司免费用出租车送到御池日航办事处。前面一辆，已有四位旅客先乘了上去，太一郎正游移，又开来一辆，只剩下他和庆子两人了。汽车一出机场，太一郎这才想到，说：

"这个时候从京都来，你还没吃晚饭吧？"

"瞧你！说话总那么见外。"

"……"

"中饭就没想吃。到了京都再吃吧。咱们一起吃。"庆子又悄声细语道："我呀，从你一出飞机口，就一直看着你。你是第七个出来的吧。"

"第七个？……我是第七个吗？"

"是第七个呀。"庆子确切地重复说，"你下来只顾盯着自己的脚下，就没朝我这边瞧过。要是想到有人来接，一迈出飞机，眼睛就会往接机的人群里找。谁都这样……可你只管低着头，心不在焉地走路。我来接你，简直窘死了，真想躲起来呢。"

"因我没料到你会到伊丹来接我。"

"为什么？那又何必在快信里写上飞机的时刻呢？"

"我是想证明，我确实要到京都来。"

"何况信像电报一样短，除了飞机时刻，别的什么都没写。我还以为是试试我呢，看我能不能来伊丹接你。难道你不是在试我吗？可我，明知道是试我，却还是来接你了。"

"哪儿的话……如果是试你的话,就该像你说的那样,一出飞机便找你,看来没有。"

"你又没写上京都哪家旅馆,要是不来机场接,咱们怎么见面呢?"

"我……"太一郎嗫嚅地说,"只想让你知道,我要到京都来。"

"讨厌,这种话,我不爱听。什么意思呀?我不明白。"

"我考虑过,也许会挂个电话。"

"也许?……也许没挂,就那么回北镰仓?你只想让我心里惦着,您太一郎先生来京都了是不是?那封快信,只是为了戏弄我,出我的洋相,对不对?你人都到了京都,竟不让我见上一面……"

"不是的,寄那封快信,是给自己鼓劲,好有勇气见你。"

"有勇气见我?……"庆子一怔,转而柔情蜜意地说:"我是高兴好呢,还是该悲哀好?你说怎么好?"

"……"

"好了,不用你说了……幸好来接你。我,并不是你需要勇气才能见面的那种女孩子……不过,却是一个常常一心想死的女孩子。你尽管瞧不起我,甚至一脚踢开好了。"

"你突然说的什么呀!"

"不是突然。我就是这么个女孩子嘛。你要是那种人,能打掉我的自尊心才好呢。"

"我好像不是那种人,我尽量不去伤害别人的自尊心。"

"看样子也像,但那不行……你得狠狠地作践我才行。"

"你为什么要说这种话?"

"不为什么……"风从车窗吹了进来,庆子一只手轻轻按着头发说,"也许是我悲哀的缘故吧……方才你下飞机,挺忧郁的样子,低头朝候机室走去。有什么事好让你寂寞的呢?庆子来接你,等你,可你心里却没有她,是不?"

不是的。太一郎方才是一边走,一边想着庆子。但这却不能告诉庆子。

"这也使我悲哀。因为我很任性……要叫你心里想着念着,这世上还有庆子这样一个女孩子,我该怎么办才好呢?"

"我是朝朝暮暮都在想你呀。"太一郎声音有些生硬,"现在见了面也在想……"

"现在见了面也在想……"庆子嘟哝着,"现在见了面也在想,是吗?我在你身旁,真不可思议。因为不可思议,我就不再吱声了。你说点什么吧。"

汽车穿过茨木市和高槻市等地的新工厂区。山崎一带的山里,三得利工厂浮现在灯火之中。

"飞机没颠簸吗?"庆子问,"傍晚,京都下了一阵瓢泼大雨,我还担心来着。"

"倒没太颠簸,不过,飞机像差点要撞到山上似的,好吓人呢。从窗里看出去,一座黑的山,挡在前面,飞机简直像一头扎过去一样。"

庆子的手向太一郎的手摸了过去。

"我把黑云看成山了。"太一郎说。手背按在庆子的手掌上,一动不动。庆子的手也半天没动。

汽车驶进京都市内。从五条向东拐去。没有风,连柳条也纹丝不动。也许是阵雨初霁,天并不那么闷热。夜色方浓,宽阔的马路两旁,绿柳低垂,一直伸向远处,尽头便是东山。浮云沉沉的暗夜,天山共色,难以辨别。将近五条的西头,太一郎即已感到京都的情调。

沿着堀川向北,便到了御池日航办事处。

太一郎已在京都饭店订好房间,于是说:

"总之,先把行李放到饭店里,就在前面不远,都看得见,走过去吧。"

"不,我不愿意嘛。"庆子摇头,坐进停在日航门前的出租车里,并催着太一郎。

"去木屋町,三条北。"庆子吩咐司机说。

"顺路请在京都饭店稍停一下。"太一郎嘱咐司机时,庆子拦住说:

"不用了,不用停,请照直走。"

木屋町的一家小茶楼,要从一条窄窄的小巷进去,太一郎觉得别有情趣。他们给领进一间四张半席的房间，正好朝着鸭川。

"这里真不错。"太一郎不由得眼睛望着河水说，"庆子小姐居然还知道这样的地方？"

"先生常上这儿来。"

"你说的先生，是上野先生吗？"太一郎转过头来问。

"是啊，是上野先生。"庆子边说边起身走出房间。太一郎心想，是订菜去了吧？过了五六分钟，庆子才回来，一坐下便说：

"不嫌弃的话，就住在这儿吧。饭店的房间，已经打电话退掉了。"

"什么？"

太一郎惊愕地望着庆子，而庆子则温顺地低下眼睛说：

"对不起。我，是想让你住在我熟悉的地方。"

太一郎无言以对。

"求你了，就住在这儿吧。你在京都，不是只待两三天吗?"

"是的。"

庆子抬起眼睛。她压根儿没有描眉。短短的眉毛,周整的弧线,又漂亮又可爱,覆在黑溜溜的眸子上面,显得一片天真,使人觉得,这眼眉,颜色似比睫毛还要淡。口红的颜色也很淡,只浅浅地涂了一点。嘴唇的形状不大不小,娇艳妩媚,简直叫人不能相信是嘴唇。脸上看不出搽过香粉和胭脂来。

"讨厌!你盯着看什么呀?"庆子眨了眨眼睛。

"你的睫毛真浓……"

"我可没装假睫毛。不信你拉拉看。"

"我倒真想揪住拉一下呢。"

"好哇。请吧……"说着庆子闭上眼睛,把脸凑过去,一边又说,"因为有些弯,看着也许就显得长。"

庆子的脸,一动不动地等着。可太一郎终究不好意思去拉她的睫毛。

"张开眼睛吧。往上一点,眼睛再张大些。"庆子照太一郎说的,张开眼睛。

"要我正脸瞧着你吗?……"

女侍送来日本酒和啤酒,还有下酒的小菜。

"日本酒?还是啤酒?"

庆子松下肩来,说:"我不会喝酒。"

朝凉台的纸拉门半掩着,看不见外面,但凉台上几位客人似乎已有醉意,夹杂着艺伎,声音渐渐高了起来。下面河边的路上,卖唱的胡琴声渐走渐近,倏然静了下来。

"明天打算做什么呢?"庆子问。

"先去二尊院,参拜后山的陵墓。是三条西家的陵墓,相当不错呢。"

"陵墓?……那我能陪你去吧?我还想请你带我去琵琶湖坐汽艇呢。不一定非明天不可。"庆子望着电扇说。

"汽艇?"太一郎似乎有些犹豫,"我没坐过,不会开呀。"

"我会开。"

"会不会游泳呢,你?……"

"你怕汽艇万一翻了是吗?"庆子看着太一郎说,

"那就请你救我。你肯救我吧？我会死死抓住你的。"

"死死抓住可不行。给抓住了，就没法救你了。"

"那怎么办呢？"

"我要抱着你才行，从后面，手臂伸进腋下……"说着太一郎好像晃眼似的移开了目光。在水中抱着这美丽的姑娘，那种感觉涌上了心头。——如果不能抱住庆子浮起来，两人的性命便危险了。

"翻了也不要紧。"庆子说。

"能不能救得了，我也没把握呀。"

"救不了，会怎样呢？"

"别说这种话了。坐汽艇，我有点担心，算了吧。"

"不会翻的。我想坐嘛。人家一直高兴地盼着呢。"庆子给太一郎的杯里斟上啤酒。

"不换上浴衣吗？"

"不，不用了。"

房间的角落里放着浴衣。男用的和女用的叠放在一起。太一郎的目光一直避开那里。房间当然是庆子订的，但摆着女浴衣，却是怎么一回事呢？

这间四叠半的房间没有套间。太一郎终究不能当着庆子的面脱光衣服换上浴衣。

女侍送来菜肴,没看庆子,也没说什么。庆子也默不作声。

河下游稍远的凉台上,传来了三弦声。这家茶楼的凉台上,觥筹交错,热闹非凡,大阪方言的说话声,太一郎他们听得一清二楚。卖唱的拉着胡琴,唱着流行歌曲,那感伤的旋律已渐渐远去。

坐在房间里,看不见鸭川。

"你来京都,先生知道吗?"庆子问。

"家父吗?知道的。"太一郎回答,"不过,你到伊丹接我,我能和你坐在这里,他恐怕想不到吧。"

"真开心。太一郎少爷居然肯背着慈父,来跟我幽会……"

"并不是瞒着家父……"太一郎支支吾吾地说,难道这会是瞒着他吗?"

"那当然啦。"

"你的那位上野先生呢?……"

"我什么也没说。不过,大木先生和上野先生,说不定凭直觉会看穿这套把戏。那就更让人高兴得心跳啦。"

"那不可能。我的事,上野先生不是不知道吗?你跟她说过什么了吗?"

"我告诉过她,从北镰仓府上回来,你陪我去过镰仓。我说我喜欢你,上野先生脸色变得好青哟。"

"……"

"你想,那场恋爱伤透她的心,对她的情人大木先生的令郎,她能不关心吗?我甚至还听先生说过,她不得不跟大木先生分手之后,你妹妹就出生了,她简直悲哀极了。"庆子黑溜溜的眼睛熠熠发亮,两颊绯红。

太一郎无言以对。

"上野先生正在画一幅《婴儿升天图》呢。婴儿的姿势是坐在五色的彩云上。但先生对我说过,其实这孩子是不会坐的,八个月就早产死掉了。"庆子顿了顿,又说,"那孩子要是活着,就是你的妹妹啦,是你亲妹妹的姐姐呢。"

"为什么要对我说这些？"

"我要替上野先生报仇。"

"报仇？……向家父吗？"

"是的。还有你……"

"……"

太一郎剥不下盐烤香鱼的肉。筷子尖似乎发僵。庆子便把太一郎的盘子移到自己面前，一边灵巧地给他剔鱼刺，一边说：

"大木先生说过我什么吗？"

"没有，什么也没说……因为我不跟家父谈你的事。"

"为什么？这为什么？"

在庆子的逼问下，太一郎面显阴沉，好像心口上被人用湿手摸了一把似的。

"我跟家父从不谈女人的事。"太一郎终于吐出这么一句来。

"女人的事？……你是说……女人的事吗？"庆子笑靥如花。

"你说为上野先生还要向我报仇，这个仇怎么报法呢？……"太一郎声音干涩地问。

"怎么个报法，说出来就没意思了，但也不过如此吧。"

"我所说的报仇，或许就是喜欢上你……"庆子的眼睛，似在遥望对岸的河滨大路，"你觉得奇怪吗？"

"不。让我喜欢上你，就是你所谓的报仇？……"

庆子点点头。那是如释重负、直截了当的点头。

"是女孩子的嫉妒呀。"庆子低低地说。

"嫉妒？……嫉妒什么？……"

"因为上野先生至今还一直爱着大木先生……让她吃了那么大的苦，却一点都不怀恨……"

"你那么爱上野先生吗？"

"嗯，爱得要死……"

"家父很久前的往事，我没法儿弥补，但我能与你这样相会，难道同上野先生和家父往日那段情缘，非要连上吗？不这样认为，就不成吗？"

"非这样不成。"

"……"

"假如我不在上野先生那里,对我来说,这世上就像没太一郎少爷这个人似的。哪儿会相遇呢……"

"我不愿意这么想。一个年轻轻的小姐,有这样的念头,是叫过去的亡灵给缠住了。所以,你脖子才细。虽说细才美……"

"脖子细是因为没爱过男人……这是上野先生说的。我才不喜欢脖子变粗呢。"

太一郎想去搂庆子娇美的脖颈,但他克制住了这种冲动,说:

"这是魔鬼的私语吧。你还在咒语的束缚之中呢。"

"不,我是在爱情之中。"

"我的事,上野先生什么都不知道吧?"

"不过,在北镰仓府上见到你后,回来对上野先生说,太一郎少爷可能跟令尊大木先生年轻时一模一样。"

"哪儿的话,那……"太一郎激动地说,"我才不像家父。"

"你生气了?说你像令尊,你不高兴吗?"

"从机场见面以后,你就一直对我说谎,对吧?你骗我,好让我猜不透你的本意究竟何在,是不是?"

"我没有说谎呀。"

"那你就是那种人了,非要那样子说话,是吗?"

"你说得太过分啦。"

"哪怕作践你也不要紧,这是你亲口说的吧?"

"不能作践她,你就认为这姑娘没说实话,是不是?可我并没有说谎呀。只不过你还不了解我罢了。本意究竟何在,深藏不露的,岂不是你太一郎少爷吗?真叫人伤心。"

"是真的伤心吗?"

"真的。伤心得很。究竟是伤心,还是高兴,我弄不清。"

"为什么同你在这里,我也弄不清。"

"不是因为你喜欢吗?"

"这我知道。可是……"

"可是?……"

"……"

"可是什么？可是什么？"庆子拿起太一郎的手，握在两手当中，摇着说。

"你还什么都没吃呢。"太一郎说。庆子只吃了两三片生鲷鱼片。

"婚礼酒宴上，新娘子恐怕是不能吃东西的。"

"瞧，你这人，专说这种话。"

"那不是你吗，提起什么吃东西的事来？"

苦夏

音子是苦夏的体质。

在东京时,正当少女,从不在意苦不苦夏这类事,而且也记不得了。搬到京都以后,在二十二三岁上,才确乎知道自己苦夏。那还是母亲告诉她的。

"音子也苦夏哩。你这体质是秉承我的遗传呀。"母亲说,"差的地方竟然像得很哪。虽然觉得你这丫头性格刚强,体质上毕竟是我的孩子。真是没说的。"

"我哪儿刚强呀!"

"性子可烈呢。"

"才不烈呢。"

刚强啦,烈性啦,母亲说这些,准是想起同大木恋爱时的音子。然而,那早已超越了性情的刚强或软弱,不正是一个少女的一往情深,一种痴情吗?

迁居京都,母亲的心思也是为了排遣和消解音子的悲哀。所以,母女俩谁都避免提起大木年雄的名字。但是,在这人地两生的城市里,只有两个伤透了心的人相依为命,相互厮守,这就愈发要窥探彼此心里的大木。母亲把女儿看作是映照大木的镜子,女儿也把母亲看作是映照大木的镜子。结果这镜子便将母女两人都映了进去。

音子写信时翻开国语辞典,那页上的"思"字,赫然映入眼帘。日语的"思"字,有恋慕的意思,难忘的意思,也有悲哀的意思。音子眼睛看着,心头却似揪紧一般的痛楚。连字典也不敢随便去翻了。她怕那辞典,再也没去碰过。国语辞典里也有大木在!辞典里有不计其数的词语,都能让人想起大木来。只要音子一息尚存,所见所闻,无不与大木连在一起。音子怎么也不能想象,除了大木所爱的,还会有别样的自己。

母亲想让女儿忘掉大木，音子自然心里透亮。母女两人形影相随，那恐怕是母亲唯一的愿望吧。可是，做女儿的，音子却不想忘掉大木。既然忘不了，倒不如想着他，甚至成为她精神的支柱。要不这样，岂不成了行尸走肉？

十七岁的音子能走出有铁格子的精神病房，并不是因为与大木相爱的伤痛得到平复，似乎是因为这一切已沉潜在她的内心深处。

"我怕。要死了。我要死了。别这样，别这样，别再……"音子曾在大木的怀里，不顾一切地拼命挣扎。大木一松手，音子睁开眼睛。一双张大的眸子，莹润有光。

"我看不清宝贝儿的脸，好像荡漾在水中，模模糊糊的。"当时，十六岁的小姑娘，竟管三十一岁的大木叫"宝贝儿"。

"我呀，要是先生死了，我也不活了。真的，没法活下去了呀。"音子的眼角，泪光闪闪。那不是悲哀的泪水，是她人松弛下来后，眼睛更加莹润所致。

"音子若死了,就没人能像音子这样想着我了。"大木说。

"所爱的人死了,再去想他,我怎么受得了。我办不到还不如死了好。好嘛,让音子也死掉吧……"音子把脸贴在大木的喉咙上,晃着头说。

大木全当这是少女的枕边情话,沉默了片刻才说:

"如果有手枪对着我,或是刀子捅过来,能为我挡着的,恐怕只有音子你了。"

"嗯,不论什么时候,我都情愿替你去死……"

"不是那样想着替我死,而是在我意外碰到危险时,眨眼之间能不顾一切去保护我……顿时就能奋不顾身。"

音子点点头,说:"会那样做的,一定会……"

"能为我这样做的男人,一个都没有。肯拼命保护我的,却只有你这个小小的女孩子啊。"

"不小。我,不小了。"音子说了两遍。

"不小的地方,在哪儿?……"大木去摸音子的胸脯。

那时,音子怀上自己的孩子,大木也想过这事。

甚至还想到，万一自己有什么不测死掉了，这孩子难免要随着音子一起消失的吧？——这是后来，音子读了大木的《十六七岁的少女》才知道的。

不记得是二十二还是二十三岁那年，母亲说，音子也会苦夏，这或许是音子已到了那个年纪，或许是母亲以为，音子已不会因思念大木而消瘦了。

音子尽管溜肩瘦骨，天生苗条，却从不生病。虽说与大木的孩子小产了，同大木的恋爱吹了，自杀未遂，又住精神病院等，那时，人自然瘦弱，眼神也异乎寻常，但身体却比精神恢复得快。可她那颗尚未平复依旧破碎的心，对自己年轻而结实的躯体，可以说感到厌恶。若非因思念大木，眼含忧愁，别人恐怕看不出这姑娘内心的悲哀吧。她那含愁的目光，别人以为是年轻女孩对未来的憧憬，反使她平添风韵。

母亲苦夏，音子从小便知道。给母亲揩后背和胸口上的汗，是音子尽孝心之一法。一边揩，一边看着消瘦的母亲，嘴上却不说什么，她已看惯了母亲这样苦夏。然而，音子秉承母亲苦夏的体质，直到母亲告诉她之前，自己却从未想到过，也许是因为年轻粗心的缘故。还不到二十岁，音子大概已有些苦夏的征兆了。

在京都，二十五岁以后，音子一直穿和服。穿裙子或长裤，虽然能让人一眼看出身段的苗条，却也能叫人看清浑身上下苦夏的那份消瘦来。并且，每逢苦夏，必然使她想起母亲。

随着年纪大起来，音子也越发苦夏，更加怕热。

"治苦夏，什么药好？报纸上登了许多广告，妈，您用过什么药没有？"有个夏天，音子问过母亲。

"是啊，好像都管用，又好像都不管用。"母亲回答得含含糊糊。隔了一会儿，郑重其事地说：

"音子，对于女人的身体，结婚比什么药都强。"

"……"

"女人生在世上，天赐的良药，便是男人。这是女人人人都须品尝的呀。"

"如果是毒药呢？……"

"毒药也得尝。音子虽然不知道，却已尝了毒药，可你现在，并不认为那就是毒药吧？不过，解毒的良药倒确实有。而且,还有以毒攻毒的药呢。男人这剂药尽管苦口,可以闭上眼睛,一口气咽下去试试。虽说有的药叫人恶心想吐,咽不下去……"

男人,这剂女人的良药,音子终于没有尝,便和母亲永别了。女儿这件事,肯定成了母亲的遗憾。音子也没像母亲说的那样,把大木看作是毒药。即便在有铁格窗的病房里,也没有恨过大木。只因思念,她心智错乱。音子想死,喝过烈性毒药,但很快便清除得一干二净,体内没留下一点儿痕迹。倘或认为大木年雄和他未出世的孩子,已从音子的体内清除殆尽,固然未尝不可,即便留下些许痕迹,也无伤大雅。其实,音子心里对大木的爱,既未消失,也未淡薄。

唯有时间在流逝。对一个人来说,时间之流,是不是仅此一条呢?一个人的时间,会不会分向几处流去?好比河流,时间这条河,在人生里,时而流得快,时而流得慢,时而停滞不动。对众生而言,同速流逝的唯有上天,而千差万别,不能同速流逝的,则是众生。时间的流逝,对于众生是一律的,而众生则在各自不同的时间中流逝。

"十七岁"的音子已经四十了。可在音子的心里,大木所占据的一角,是不是时间停滞不流了呢?或者也可以说,像落花随流水,无止境地漂流一样,音子也随内心的大木一起,在时间中流动。在大木的时间之流中,音子是如何流动的,音子自己并不清楚。大木尽管不会忘记音子,音子虽与大木同时流动,但至少,他俩的时间之流,恐怕是不会一样的。纵然是现在相恋的情人,两人的时间之流也有所不同,那是命中注定、无法摆脱的。

今天音子醒来,也与每天早晨一样,先用指尖轻轻地揉一揉额角,然后再摸摸脖子和腋下,湿漉漉的,连天天更换的睡衣,也好像浸上了皮肤中渗出来的汗湿。

庆子喜欢音子身上这种汗湿,觉得肌肤更加滑溜好闻,所以常要帮着音子脱内衣。而音子却极其讨厌汗臭。

可是昨晚,庆子过了十二点半才回来,躲着音子的视线坐在那里,两腿也没个坐相。

音子躺在床上,用团扇遮着天花板上的灯光,瞧着挂在墙上的四五张婴儿素描,仿佛全神贯注在上面,只朝庆子看了一眼,说:

"你回来了。这么晚!"

在产院里,那个八个月的早产儿没给音子看过。只听说头发长得黑黑的。音子问过母亲,孩子长得什么样,母亲说:

"是个很可爱的孩子呢。似乎挺像音子的。"

音子也知道,这不过是安慰自己罢了。再说,音子从没见过刚生下来的婴儿。这几年照片倒是见过,好像都很难看。令人意外的是,呱呱落地时的照片,甚至脐带还与母体相连的照片,也并非没有,只是很瘆人。

所以,音子想象不出来,自己亲生婴儿的模样和姿态,仅是心中的幻象而已。音子自己也十分清楚,《婴儿升天图》中的婴儿,长相绝非八个月早产死的婴儿,而且,她也不打算画成写实的。音子只是衷心企盼,在绘画里,对那尚未成形即已逝去的东西,表示自己的哀怜与爱惜之情。这一企盼,是她多年的夙愿,作为憧憬与幻想,一直藏在心底。每当悲哀的时候,心中所想的,便是对这死去的婴儿的幻想。自己能够活到今天,要借这幅画予以象征。同大木相爱的那爱之美丽与悲哀,也须在这幅画里表现出来。

可是,婴儿的面庞,音子却怎么也画不好。圣母怀中的基督以及小天使的像,音子当然见过,他们大多形象鲜明,像个小大人,或者是纯属虚构的圣人面孔。音子想画的,并不是那种强烈而鲜明的脸。那是今生与来世都没有的,在朦胧的梦幻中,有背光辉映的灵魂。他的形象,是能让人人都变得亲和温柔的小精灵。然而,画像本身却蕴含着无限的悲哀。但在画法上,音子又不愿意流于抽象。

对于脸部,音子抱着这样的期望,那么,婴儿不足月的小小身躯,又该怎么画好呢?怎么设置背景和点缀才妥当?音子一再翻看雷东[1]和夏加尔的画册。夏加尔那天真乐观的幻想,诱发不出音子东方式的灵感。

---

1 雷东(Odilon Redon,1840—1916),法国象征派画家。

音子的脑海中，又浮现出古时的《稚儿太子图》，比西洋画还要鲜明。——稚儿太子的图像，是根据弘法大师传记里的故事画的。画面上，年幼的大师，梦中坐在八叶（八个花瓣）莲花内，正与佛陀谈话。稚儿太子端坐于莲花上的姿态，已成固定的样式。在最早的画里，太子的形象极纯洁无瑕，时代愈往后，愈趋于艳丽妩媚，有的甚至会错把"稚儿"看成美少女。

五月的满月祭那晚，庆子说，"您画我吧"；音子曾想，照"稚儿太子"的样子，画成一幅古典式的《圣处女像》。之所以起这念头，是不是当时心里想到了《婴儿升天图》呢？这纵然不错，可后来音子又生起新的疑窦。就是说，音子画死去的婴儿也罢，或者画庆子也罢，构思的时候都先想起《稚儿太子图》，这固然说明音子对这幅画十分倾心，但是她也怀疑，这会不会是自己孤芳自赏、过分自负的一个迹象呢？在稚儿太子身上，音子看到的难道不是她憧憬中的自画像吗？实际上，无论在死去的婴儿的画里，还是在庆子的画里，不都暗含着音子自画像的夙愿吗？她幻想中的稚儿太子式的圣幼儿像,圣少女像,圣处女像,岂不只能是幻想中的圣音子像!这个疑窦,好似一把尖刀,音子不由自主,亲手扎进了胸口。但她没有进一步剖开胸膛去看。她拔出了利刃,留下伤痕,时时作痛。

音子当然无意照搬《稚儿太子图》的样式,去画死去的婴儿或是庆子。虽然如此,构思这两幅画的当初,稚儿太子首先浮现在眼前,所以,不论哪一幅,音子要画的时候,稚儿太子总不免会藏在她的心底。《婴儿升天图》《圣处女像》,从画的标题,就能感觉得到。音子想用自己的画,对死去的婴儿和庆子的爱,予以净化,甚至使之神圣化。把庆子的肖像画题为《圣处女像》,音子有些难为情,曾和庆子开玩笑说,题为《一个抽象派青年女画家》,是不是更有意思?不过,庆子的画,在今天的意义上,能否算作抽象画一类,音子并未认真想过。但是那天晚上,她说,要满含爱心,画成佛画那样,倒是当真说的。

庆子初次来音子这里时,曾把音子母亲的肖像画,看成是音子美丽的自画像。后来母亲的画像仍一直挂在墙上，看到画像，与其说音子有时会想起庆子的看法，毋宁说是忘不了庆子出此观感所说的话。把母亲画得既年轻又美貌，以至于庆子将母亲的肖像画看作是音子的自画像，那是音子出于对母亲的怀念，但也说不定，画中实已流露出音子的孤芳自赏。那恐怕不纯是因为音子与母亲长得相像的缘故。也许音子一边画母亲，一边也在画自己。

对于画家来说，不论静物画，抑或风景画，一切绘画，不言而喻都是画家心灵的自画像，性格的自画像，即画家的自我表现。就音子而言，画母亲的肖像，自会流露出骨肉的亲情与甜蜜的悲哀，那倒正成了音子自己的画像了。若说甜蜜，《稚儿太子图》不能说不甜蜜。比《稚儿太子图》更杰出的佛画或仕女图，日本的古画中也多得很。而音子之所以特别想起《稚儿太子图》来，或许是因为幼儿像端庄秀丽之故吧。此外，会不会因为画像既虔诚又不乏甜美之意呢？并不信奉弘法大师的音子，难免无意中把自己的那份孤芳自赏，那种自负，寄托在稚儿太子的画像上。画像的甜美，自能容纳她的悲哀。

音子至今仍在爱大木年雄，爱死去的婴儿，爱自己的母亲。这种种爱，同当时那一切都还触手可及的现实相比，难道就一直毫无变化吗？那爱的本身，有没有在不知不觉中，变成音子的自恋呢？当然，音子自己并未发觉，既没有怀疑过，也没有自问过。音子与婴儿死别，同大木生离，又与母亲死别，他们虽然至今仍活在音子心中，其实，活在她心中的，并不是他们，而是音子自己。音子心中大木所在的一隅，恐怕还不能说，时间之流停滞不动了吧？音子的时光，是随着心中的大木一起流逝的。这一来，对大木爱的回忆，便染上了音子自恋的色彩，或者说已化成了自恋。音子没去想过，往日的回忆，或是妖魔鬼怪或是饿鬼亡灵。十七岁被迫与大木分离，直到四十岁的今天，音子既没再恋爱，也没想结婚。作为单身女人，她珍重并爱惜那段令人悲哀的爱的回忆，也许是顺理成章的，可她的爱惜之情，带上自恋的色彩，恐怕也是自然而然的。

音子之沉溺于这个同性的女弟子庆子，尽管是庆子先缠上身来的，但是，难道那不也是音子孤芳自赏、过分自负所取的另一种形式吗？否则，庆子说：

"先生，您画我吧……趁我还没变成您所谓的妖妇之前……求您了，裸体也行。"音子也不至于要斟酌，是照佛画那样画庆子呢，还是照稚儿太子的样子？抑或是把她画成坐在莲花萼上的"圣处女"一类？把庆子画成那样的少女，岂不正是音子想借以净化自己，使人怜爱吗？爱恋大木的十六七岁的少女，一直在音子的心里，似乎没有长大。但音子却没意识到，也没动脑筋去想过。

——音子对自己身上的气味，特别是汗臭，有种洁癖，而京都的夜晚，闷热难当，像今早这样，皮肤上的汗渗在睡衣上，一旦醒来，会立即离开被窝的，但她依旧拥枕面壁，对昨晚看过的婴儿素描，又盯着瞧了一会儿。八个月早产的婴儿，虽然在世上只活了短暂的一瞬，音子却想把他当作未能出生世上，未曾活在人间的孩子，也即当作精灵之子，来画这幅《婴儿升天图》。所以，素描很难把握，也无法定稿。

庆子背对着音子，还在酣睡。夏用的麻布薄被，褪到胸脯下面，被头则裹在腋下。因为是侧着睡的，两腿虽没有放肆地叉开，脚脖子却伸到了被外。庆子穿和服的时候居多，不大穿高跟鞋出门，所以脚趾细长而直溜。脚形算得上秀气周正一类。但细细的脚趾，骨头似乎很长，音子觉得好像与自己的不同，因此，对庆子的身体，尽量避免朝她脚趾那里看，这已经成了习惯。如果不去看，就把她的脚趾握在手里，会出奇地感到一种惬意，觉得是从前自己身上所没有的。甚至像握着一个与人不同的生物的脚趾似的。

庆子身上有股香味儿。以一个年轻女孩儿来说，这香水味似乎太浓了。庆子偶尔用这种香水，音子当然知道，但昨天，庆子为什么特意要用它呢？音子不禁纳闷。

昨儿晚上，庆子过了半夜才回来，她究竟上哪儿去了，音子并没怎么过问。因为一心只顾看着墙上挂的婴儿素描来着。

庆子也没去浴室擦擦身,便匆匆忙忙钻进被窝睡了。音子还以为庆子睡着了,说不定倒是她比庆子先睡着的。

音子一起来便绕到庆子的床铺那头,薄明之中,俯身看了看庆子的睡容,然后拉开木板套窗。庆子起床一向利落,早上即使比音子后醒,只要音子拉套窗的声音一响,马上起来帮忙。可今早,庆子却在被窝里抬起半个身子,光看着音子动。等拉门和套窗全都打开了,音子回到屋里时,庆子说:

"对不起,先生。昨晚都快三点了还没睡着……"庆子一边站起来,先收拾音子的床铺。

"是因闷热,睡不好?"

"嗯……"

"睡衣别收,要洗的。"

音子挟着睡衣到浴室擦身去了。庆子也到浴室的洗脸池那里,好像匆匆忙忙地刷了牙。

"庆子,你也洗个澡吧。"

"哎。"

"昨儿你连香水都没洗掉就睡了。"

"是吗?"

"什么是吗!"庆子心不在焉的样子,音子不放心地问,"你昨晚哪儿去了?"

"……"

"洗洗吧,不难受吗?"

"嗯,回头再洗……"

"回头再洗?"音子盯住庆子。

音子从浴室出来,庆子正拉开衣橱的抽屉,在挑衣裳。

"庆子,你要出去?"音子声音严厉起来。

"是的。"

"跟谁有约会吗?"

"嗯。"

"谁?"

"太一郎少爷。"

音子一时没明白过来。

"是大木先生的太一郎少爷。"庆子毫不示弱,明确地回答。只省略了"儿子"一词。

"……"音子一时哑然。

"太一郎少爷昨天到了京都,我去伊丹机场接他来着,说好今天陪他逛京都。也许是请他陪我逛呢……先生,我什么都不瞒您。今天先去二尊院,太一郎少爷说要去看山上的陵墓。"

"陵墓?……山上?……"音子说,自己从来没听说过。

"是的。说是东山时代朝臣的墓。"

"是吗?"

庆子脱下睡衣,赤裸的后背朝着音子,一边说:

"还是得穿长衬衣吧。今天大概要热,可仅贴身穿件衬衣,太不成体统了,是不是?"

音子默默地看着庆子穿和服。

"带子要系得紧一些……"庆子把手绕到后背,使劲地拉。

音子从镜中看见庆子薄施脂粉的脸庞,庆子似乎也看见了音子映在镜中的面孔,说:

"先生,别那么板着脸呀……"

音子霎时回过神来,想尽力缓和一下不悦的神情,但脸上依旧很不自然。

庆子对着三面镜边上的一面,用手指抿好耳朵上边的头发。耳形很漂亮,这是庆子化妆完毕最后的修饰。她刚站起身,又跪了下去,拿起香水瓶。

"你身上不是还留着昨天的香水味吗?"音子紧蹙眉头。

"不碍事的。"

"庆子,你好像心神不定似的。"

"……"

"你为什么要去见他?"

"他说要到京都来,而且连飞机到的时间都告诉我了。"

"……"

庆子过来,把方才挑出来的三件单衣中,剩下没穿的两件马马虎虎叠了叠,塞进衣橱里。

"好好叠一叠再收起来。"音子说。

"哎。"

"重叠一下。"

"哎。"可是,庆子对衣橱压根儿看都不看一眼。

"庆子,你过来!"音子厉声地叫她。

庆子坐到音子面前,直视着音子。音子倒躲开视线,言不由衷地说:

"早饭也不吃就去吗?"

"昨晚吃得很晚,早饭不吃了。"

"昨晚?……"

"嗯。"

"庆子,"音子郑重地说,"见了面,你打算怎么办呢?"

"不知道。"

"是你想见他的吗?"

"是的。"

"是你想去见他的,对吗?"从庆子那神不守舍的样子也能明白,音子似在给自己一个确认,"为什么呢?"

庆子没有回答。

"不见他不行吗?"音子眼睛看着自己的膝盖说,"我不愿意你见他。别去见他吧。"

"为什么?这同先生有什么关系?"

"有关系。"

"您又不认识太一郎少爷。"

"去过了江之岛的旅馆,你那样还好意思见他吗?"

音子责备庆子,跟父亲去旅馆开房间,又急急要跟儿子幽会。只不过"大木先生"或"太一郎少爷"的名字,音子避而不说罢了。

"大木先生虽然是您从前的情人,但太一郎少爷您并没见过,跟您可没关系。他只是人家大木先生的儿子嘛。"庆子说,"又不是您的儿子。"

"……"

庆子的话刺伤了音子。她想起十七岁时怀了大木的孩子,早产死掉了;后来,大木的妻子又生了一个女孩儿。

"庆子!"音子喊道,"你,在勾引他吧?"

"是他告诉我飞机时刻的。"

"去伊丹接他,还陪他一起逛京都,你和他有那样的交情吗?"

"真烦人,先生。什么交情不交情的。"

"不是交情,是什么?关系?……"音子苍白的额上沁出冷汗,用手背抹了一把,你这人太可怕了。"

庆子的眼睛愈益放出妖艳的光芒。

"先生,我呀,顶讨厌男人了……"

"别去了。我要你别去了。要去见他,就甭回来,走了,就别再回到我这儿来。"

"先生!"庆子有些眼泪汪汪的样子。

"你究竟想对太一郎做什么?"音子放在腿上的手直颤,口里头一回说出"太一郎"的名字。

庆子霍地站了起来,说:"先生,我走了。"

"别去!"

"先生,您打我吧。像到苔寺那天一样,再打我吧……"

"……"

"先生！"庆子站在那里，但一转身走了出去。

音子忽地感到浑身冷汗涔涔，一动不动地望着院里的方竹，竹叶在晨光中辉映。她朝浴室走去。水龙头大概开得太大，水声把她吓了一跳。慌忙拧小水龙头，水流放得很细。擦了擦身子，略微平静一些。但脑子里仍有一处发紧，便用湿毛巾捂在前额和后颈上。

回到屋里，在看得见母亲肖像和婴儿素描的地方坐了下来。一种自我嫌恶的感觉直透后背。那种自我嫌恶的感觉，虽来自与庆子的共同生活，但扩展为自己整个的存在，与其说是悲哀，毋宁说感到可耻，她失去了力量。活到今天，究竟为了什么？为什么要活着？

音子想呼唤母亲。蓦地脑海中浮现起中村彝的《老母像》。《老母像》是这位画家一生最后的作品，中村留下老母离开了人世。《老母像》成为中村的绝笔，因此，这幅画印在了音子的心上。音子只在画册里看过这幅画，没有见到原作，无法准确理解，可是，音子是倾注了自己的感情，去看这幅画的照片的。

年轻的中村彝，把情人画得丰满有力，色调偏红，带有雷诺阿风格。此外，众所周知的名作《爱罗先珂像》，冷静地表现出盲诗人的高贵与忧愁，虽充满虔诚之意，但色调温暖亮丽。然而，绝笔《老母像》的色调却阴冷晦暗，笔触也变得简洁朴素。瘦小干瘪的老母，侧身坐在椅上，背景是墙壁，木板墙裙有墙的一半多高。老母对面墙上的壁橱里放着水瓶，老母头后的墙上，挂着温度计。温度计是原有的呢，还是画家为了画面特意画上去的，音子当然无从知道。可是，这只温度计，和老母轻放在腿上、手指中挂着的那串念珠，却都留在音子的印象中。使人感到，这仿佛是象征画家先于母亲辞世时临死的心境。画的本身就是这样。

音子从抽屉里取出中村彝的画集，将《老母像》同母亲的肖像加以比较。音子把母亲画得很年轻，不是老母像。是母亲先去世的，所以也不是绝笔。母亲的肖像中，没有流露一丝死亡的阴影。而且，西洋画和日本画虽然不同，把《老母像》的照相版摆在面前。音子一目了然，自己所画的母亲像那么肤浅，不禁闭上眼睛。她用力闭得更紧。脸上的血色似乎也在消退。

音子画母亲的面容时,一心只顾沉湎于对亡母的眷恋。只觉得母亲又年轻又美貌。那似乎是音子的祈祷。倘如中村彝的《老母像》中,也有画家临死时的祈祷,那么音子的画,该是何等的浅薄幼稚!音子的一生,岂不也是这样吗?

音子的画,不是直接看着母亲画的。是母亲死后,照着相片画的。画得比相片还年轻美丽。音子有时一边画,一边照镜子,看看自己那张与母亲相似的面庞。画得幼稚而美丽,那是当然的。不论如何,母亲的肖像画里,没有寓以深刻的灵魂。

提起照片,音子想了起来,来到京都以后,母亲未曾单独拍过照。那次杂志的卷首要刊用音子的照片,杂志社的摄影家专程从东京来,希望还拍一张音子与母亲的合影,母亲逃掉了,简直像躲起来一样。如今音子刚意识到,那不也是母亲悲哀的流露吗?母亲好似隐姓埋名忍辱偷生似的,带着女儿搬到京都,与东京的亲人几乎断了来往。音子并非没有隐姓埋名的想法,但她来京都时只有十七岁,跟母亲的孤独与离群索居毕竟不同。她与大木的爱情,虽令她伤心欲碎,却一直还拥有这份爱。这也与母亲不同。

音子心想,母亲的像是不是该重画一张呢?她审视母亲的肖像画,再去审视中村彝的《老母像》。

音子觉得,庆子去会大木太一郎,仿佛远离自己而去。止不住心里乱成一团。

今早的庆子,嘴上也没像平时那样,口头禅似的说要"报仇"的话。倒是说了一句,她讨厌男人,但这不能当真。用一个牵强附会的理由,说什么昨晚吃得晚了,连早饭也等不及便出了门,看来她是自相矛盾。庆子要对大木的儿子做什么呢?两人会怎么样呢?二十四年来,自己一直生活在与大木的爱的罗网之中,应该怎么办才好?音子简直坐立不安了。

音子没能拦住庆子去会太一郎,此刻去追庆子,自己也去见太一郎,说不定能避免发生什么危险。但是他们在哪里会面呢?太一郎住在什么地方呢?音子却没听庆子说起。

湖水

庆子到了木屋町的"房记"茶楼,太一郎已换上外出的西服,正在凉台上。

"你早!昨晚休息得好吗?"庆子走近太一郎,靠着凉台的栏杆,"是在等我吧?"

"我老早就醒了。听见河水声,引得我躺不住便起来了。"太一郎说,"我看到东山日出了呢。"

"那么早?……"

"嗯。不过,山离得太近,不大像日出。只是随着太阳升起,东山上愈发一碧澄明,鸭川的水,在晨光中波光粼粼……"

"你就一直看着这些？"

"眺望对岸的街市，居民起来忙忙碌碌，好有趣呢。"

"那你没休息好吧？这家旅馆不行是不是？"随后，庆子又悄声低语道，"你没睡好，要是为了我，我该多高兴……"

"……"

"难道你不肯说是为了我？"

"是为了你呀。"

"让我逼得没办法了才说的，对吗？"

"可是，你睡得很好吧？"太一郎看着庆子的眼睛问。

庆子摇摇头，说："不好。"

"看你的眼睛，睡得很好嘛。像点着两盏明灯，闪闪发亮……"

"那是因为我心里有一盏明灯呀。是因为太一郎少爷。即使一夜两夜不睡，眼睛也是乐意的。"

庆子那闪亮的星目，柔和而温润，凝视着太一郎。太一郎拿起庆子的手。

"好凉的手。"庆子悄悄地说。

"好暖和的手。"太一郎说着,挨个儿摩挲庆子的手指,那么柔嫩,直透心底。纤细得简直不像是人的手指,在太一郎的手里好像要化掉似的。轻而易举不就咬断了吗?太一郎真想把庆子的手指含在嘴里。从这手指上,能感觉得出女孩儿的柔弱。而且,庆子侧面那漂亮的耳朵和修长的脖颈,就近在眼前。

"用这样细的手指去画画?"太一郎把庆子的手指举到嘴边。庆子看着自己的手指,泪眼盈盈。

"庆子,你难过了?"

"我是高兴呀。是乐极而生悲……今早,不论你摸我哪儿,我都会流泪的。"

"……"

"我觉得好像有什么事要结束了。"

"是什么?……"

"你坏,问这事!"

"那不是结束,而是开始。凡结束,必有开始,不是吗?"

"可是,结束归结束,开始归开始……这是两回事呀。女人这样想,就会新生为另外一个女人。"

太一郎想把庆子搂过来,摩挲庆子手指的手反而松了开来。庆子软软地靠在太一郎身上,太一郎抓住了凉台的栏杆。

下面河边上,传来尖利的犬吠声。一位中年女人,像是这一带店家的人,领着一只小猎狗。碰到一只大秋田犬,小猎狗于是狂吠起来。秋田犬压根儿不予理睬。牵着秋田犬的年轻人,样子像是小饭馆的厨师。中年女人蹲下去,抱起小猎狗。小猎狗在她怀里挣扎,仍叫个不止。女人转身背朝着秋田犬,小狗便像对着太一郎和庆子叫似的。中年女人按住小狗的头,仰脸看着凉台,讨好地笑了笑。

"真讨厌。清早遭狗叫,今天不吉利。我顶讨厌狗了。"庆子躲在太一郎的背后说。狗不叫了,她仍不动,把手轻轻搭在太一郎的肩上。

"太一郎少爷,见到庆子高兴吗?"

"高兴。"

"能有我这么高兴吗？……恐怕没我这么高兴吧？"

"……"太一郎没想到，庆子口中会说出这种十足女人味儿的话，而随着庆子的话语，一股年轻女人的芬芳气息，直冲太一郎的脖颈。庆子的胸脯，也似乎轻轻挨到太一郎的后背。虽然不是紧紧贴上来，但胸背之间，没有一点缝隙。软软的，一种温馨之感传了过来。庆子已属于自己，这种感觉在太一郎的心中弥漫开来。庆子已不是一个异乎寻常、不可理解的姑娘了。

"我多想见到你，你是不会知道的。我还以为，不去北镰仓就见不到你呢。"庆子说，"能这样，真是不可思议。"

"是不可思议。"

"我说的不可思议，是指天天想着你，虽然隔了这么久才见面，却觉得像是常常见面一样，这真是不可思议。你大概早把我给忘了。要上京都来，这才忽然想到我，是不是？"

"庆子说出这种话，才叫不可思议啊。"

"真的？那你偶尔也想起我来？"

"每想起你来，在我，尽管多少总有些痛苦。"

"哟！为什么？……"

"由你，总会联想起你的先生吧。于是也就想到家母年轻时的痛苦了。那时我还不懂，不大清楚。不过，家父在小说里写得很详细。书里写着，家母抱着婴儿的我，黑夜里在街上彷徨，饭碗从手里掉下去，她哭倒在地。也许抱得不舒服，家母走出家门，婴儿的我仍哭个不停，哭声越传越远。连孩子的哭声，家母都听不见。据说家母的耳朵听不见，牙根也松动了。当时家母才二十三四岁呢。可是……"太一郎有些吞吞吐吐。

"可是，家父描写上野先生的小说，至今还很畅销。要说是讽刺呢，确也是个讽刺，那本小说多年的版税，贴补了一家的生计，还贴补了我的学费和妹妹的嫁妆。"

"那不挺好吗？"

"事到如今，再计较也没用了，不过，想想也很奇怪。小说把家母写成嫉妒得发狂，丑恶不堪。我这做儿子的，很讨厌那本小说。再说，小说还出了文库本。至今，每次增印，出版社都送印数检验证来。而五千、一万地盖图章的，则是家母。家母已人到中年，为了一本把自己写得丑恶不堪的小说再次增印，竟会满不在乎地咚咚往上盖章。"

"……"

"对家母来说，也许风波已经过去。家庭重又风平浪静……作为小说作者的妻子，世人本该蔑视家母才是，可是看起来，反倒挺受尊重。真是怪事。"

"因为是大木先生的太太嘛。"

"可是，你的先生，至今不是还生活在那本小说里吗？也没有结婚……"

"可不是嘛。"

"这事也不知家父家母是怎么想的。在他们的生活里，似乎把上野音子这个人全忘了。有时一想起，我也在享用那本小说的版税，心里好难受啊。牺牲了一个十六七岁的少女的一生……你说为上野先生，还要向我报仇……"

"好了,别说了。我的仇已报完了。"庆子的脸颊贴在太一郎的脖子上,"我是我。"

"……"

太一郎转过身,抱住庆子的肩膀。

庆子小声说:

"我挨上野先生说了,叫我别再回去。

"为什么?……"

"因为我说要来见你。"

"你说啦?"

"说啦。"

"……"

"先生说,我要你别去。要去,就别再回来……"

太一郎松开庆子的肩膀。忽然发现,对岸的街上,来往的车辆多了起来。东山的颜色也变了,深绿浅绿已判然分明。

"我不该说是吗?"庆子探询地察看太一郎板着的脸。

"不。"太一郎顿了一下,说,"这不有点成了我替家母向上野先生报仇吗?"

说着，太一郎从凉台进了房间。

"替令堂报仇？……我做梦都没想到哩。你说话真莫名其妙。"庆子跟在太一郎的身后说。

"走吧。不，你还是回去的好。"

"哟，真忍心！"

"这次是我这个儿子出来，代家父打扰上野先生的平静了。"

"是我不好，昨晚说什么要报仇的。别见怪。"

在旅馆前，叫了一辆出租车，庆子也乘了上去，太一郎觉得这是理所当然的。可是汽车开过一条条街道，直到嵯峨的二尊院，一路上这么久，什么话也没说。

"把窗子全打开好吗？"问过这句话后，庆子也默然不再作声。只是把手按在太一郎放在膝盖的手上，敲着食指。庆子的手没出汗，但有点潮，很滑溜。

二尊院的山门，据说在庆长十八年[1]，由当时的豪门贵族角仓氏，从伏见的桃山城移过来的。作为一座城门，煞是气派。

---
1 即1613年。

"瞧这太阳,今天要热的。"庆子说,"我这是头一回进二尊院……"

"定家的情况,我稍微查了一下……"太一郎一面登上山门的台阶,一面回头去看庆子的脚下。庆子和服的底襟在款款摆动。

"他肯定在小仓山的山脚住过。但号称时雨亭的山庄,遗迹却有三处,哪一处是真的,目前似乎还没弄清。挨着二尊院的后山,旁边是常寂光寺,然后是厌离庵……"

"厌离庵,先生也带我去过。"

"是吗?那座尼庵里,有一口井吧?定家写《小仓百人一首》时,据说就是用那口井水研的墨。"

"不记得了。"

"叫柳水,很有名的井水呀。"

"真用过那口井的水吗?"

"定家相当于诗歌之神,在他名下会编出许许多多的传说吧。尤其在室町时代,把他奉为和歌之神,文学之神。"

"定家的墓也在二尊院的山上吗?"

"不,定家的墓在相国寺。但在厌离庵,相传有他一座小塔,叫茶毗冢……"

"……"

太一郎发现,庆子对藤原定家几乎一无所知。

方才车过广泽池,望着对岸的松山,山容秀丽,倒映水中,在太一郎看来,嵯峨野所蕴涵的千年历史与文学,已化为风景而存在。从池边还看见小仓山,在岚山面前,显得低矮而平缓。

野山的景致,诱发了太一郎思古的幽情,尤因有庆子相伴,更觉情满于怀。他深感,这才真正到了京都。

可是,庆子今早是跟音子吵了架出来的,这姑娘激动的情绪,想必会在美景中得到缓和吧,太一郎心里寻思着。想到这里,便去看庆子。

"别那么奇怪地瞧着我……"庆子的眼睛忽闪着,伸出了手。太一郎轻轻碰了碰她的手说:

"是奇怪啊。居然能跟庆子一起,在这样的地方走……这是什么地方呢?"

"是什么地方呢？这个人是谁呢？"庆子握住太一郎的手指，使劲攥着，"我不知道哇。"

山门内，宽阔的参拜路上，松影匝地。路两旁是美丽的红松，枫树夹杂其间。地上，松树枝头的影子静静的。随着庆子的走动，松影才在她白色的和服与面庞上摇曳。枫枝低垂，几乎要碰到头顶。

路的尽头连着石阶，等看到石阶上的瓦顶泥墙时，也听到了水声。拾级而上，沿墙左拐，水从墙脚流了下来。墙上随便开了一扇门。

"一个人也没有！"庆子站在石阶上面的门口说。

"在名刹古寺当中，这儿来的人大概少吧。不过也奇怪得很。"太一郎也停下脚步。

小仓山展现在眼前。铜屋顶的正殿，一片肃静。

"左手那棵树挺美吧？是棵细叶冬青的古树，号称西山的名树呢。"说着，太一郎走到树前。细叶冬青老节累累，从根到梢，树节突兀的枝丫伸展开来，绿叶郁郁葱葱。树枝虽都不长，却强劲有力。

"我喜欢这棵古树，所以记得很清楚。有好几年了吧,没这样看这棵树了。"

太一郎只顾说细叶冬青树,对正殿悬挂的御笔钦赐的匾额"小仓山"和"二尊院",以及二尊院寺名的由来等,却未加说明。

来到辨天院的右面,太一郎仰望高高的石阶说:

"你能上去吗?穿着和服……"

庆子微微露出齐整的牙齿,摇了摇头。

"我可上不去。"

"……"

"要你拉着我的手,再背着我。"

"那就慢慢上吧。"

"是在这上面吗?"

"是的。实隆的墓须登上石阶,在最顶上。"

"你是为了这座墓才来京都的。才不是来看我的呢。"

"是啊,一点不错。"太一郎松开庆子的手,"我一个人上去,你在下面等我吧。"

"我上得去!这几级台阶算得了什么,你就放心吧……哪怕上到小仓山顶上，不回来都不要紧。"说完，庆子拉住太一郎的手，开始登石阶。

石阶好像不大有人走，一级一级古旧的石阶，从根上长出了青草和羊齿。脚旁开着小黄花。上到石阶旁有一排排墓碑的地方时，庆子问：

"是这儿吧？"

"不，还在上面。"太一郎答道，然后走向旁边的墓地，说："这三座石塔都很精彩吧？叫三帝陵，石刻艺术十分出色，相当有名。我前面这座宝箧印塔，中间的五重石塔，造型实在优美。"

庆子也颔首观赏。

"时代的痕迹已印在石上……"

"是镰仓时代的吗？"庆子问。

"嗯，是镰仓吧。对面那座十层石塔，像是南北朝的。据说原先是十三层宝塔，上面几层没有了。"

石塔典雅优美的格调，凭庆子绘画的天赋，自然能领悟通达。在这里，两手依然相握，庆子浑然忘了似的。

"这一带有许多公卿的陵墓，如二条、鹰司、三条等人的，还有角仓了以、伊藤仁斋的墓，但像这样的石塔杰作，却只有三帝陵而已。"太一郎说。

从那里再往上登，到了石阶顶上，有座叫开山庙的小佛堂。佛堂里，仅竖了一块高高的石碑，上刻复兴二尊院湛空上人的事迹，倒是很新颖别致。

但太一郎并不想看佛堂，径自朝佛堂右面那一排排墓碑走去。

"是这儿！三条西家的墓葬。右面边上这座，就是实隆的。你看，上写'前内大臣实隆公'。"

庆子一看，一座高及膝盖简朴无华的墓边上，立块石头，刻着实隆的名字。隔壁的墓旁，也立着细细的石标，刻着"前右大臣公条公"的字样。左边的，认得出是"前内大臣实枝公。"

"像内大臣、右大臣这样的人物，陵墓会这么简陋？"庆子说。

"是的。唯其朴素，才获我心。"

倘若没有这些刻着名字与官职的石头，墓碑便与仇野念佛寺中那片无主孤坟的墓碑毫无两样了。墓碑已长满青苔,古旧破败,加上泥土侵蚀,岁月销蚀,已不成个形状。这些石碑,默然而立。因其默然,仿佛要倾听石碑窅远的低语一般,太一郎蹲下身去。两人的手握在一起,庆子也给拉着蹲了下去。

"这些墓,很平易近人吧?"太一郎的口吻,想使庆子也提起兴趣,"我正在研究实隆的生平。实隆长寿,活了八十三岁,从二十岁到八十二岁,一直写了六十二年的日记。这是有关东山文化的一份浩繁的史料。此外,还有实隆的各亲友诸公卿的日记,在连歌师的日记中,也常常提到实隆的名字。实隆的时代,正值乱世,却把文化传统保存了下来,得到振兴。研究起来,真感兴味无穷。"

"因为你正在研究,所以对这墓才觉得亲切,对吧?"

"是啊。"

"你研究几年了?"

"三年,不,有四五年了吧。"

"从这座陵墓,你生发出什么灵感了吗?"

"灵感?哦,灵感?……"太一郎像在自问,猛地,庆子的胸脯倒在他腿上。太一郎晃了一下。庆子的两手,搂住他的脖子。

"在太一郎所珍重的墓前……好吗?"

"……"

"让这座墓也成为我的纪念……成为我珍贵的回忆……太一郎的心已被这墓迷住了。不再是坟墓了……"

"不再是坟墓了吗?"太一郎心不在焉地重复着庆子的话,"一座墓,倘历经数百年,便不成其为坟墓了……"

"你说什么?我听不见呀。"

"石头坟墓,的确也有失去坟墓的寿命之时啊。"

"我听不见呀。"

"耳朵离得太近了……"太一郎把嘴唇凑近眼前的耳朵。

"不,不,痒得很呀。"庆子摇着头说。

"……"

"气吹在上面,特痒。你坏!"庆子乜斜着眼睛,仰脸瞟着太一郎的面孔。庆子的脸斜着贴在太一郎的胸前。

"你这人,吹女人的耳朵,真讨厌。"

"我没吹。"

太一郎刚要笑,这才发觉,自己正抱着庆子的后背。手臂上,抱着庆子的感觉愈来愈强。大腿上,庆子的身重了起来。但又是那么轻巧柔软。

因为太一郎正蹲着,是庆子把胸脯猛地倒在他腿上的,所以,太一郎的姿势不得劲儿。一会儿脚尖用力,一会儿脚跟用力,免得仰面摔倒。这么做,自己都没注意。

庆子搂着太一郎,袖子当然褪到胳膊肘那里。润泽滑腻的肌肤,紧紧贴在脖子上,感到了一丝凉意,说明太一郎已经回过神来了。

"哪里敢吹美人的耳朵呢。"大概是自己喘气太重了吧,太一郎心想,一面让呼吸平复下来,一面说。

"我耳朵怕风。"庆子轻声细语道。

庆子的耳朵很诱惑太一郎。太一郎用指尖捏了捏。庆子睁着眼睛,一动不动。太一郎便抚弄起她的耳朵来。

"宛如一朵奇妙的花啊。"

"是吗?"

"听见什么没有?"

"听见啦。那是……"

"那是什么?……"

"是什么呢?是蜜蜂停在花上的声音吧……不是蜜蜂,也许是蝴蝶。"

"我只是轻轻摸了一下。"

"你喜欢摸女人的耳朵?"

"什么?"太一郎的手指停了下来。

"你喜欢是吗?"庆子依然温柔地轻声细语道。

"因为,我从没见过这么漂亮的耳朵……"太一郎说得很勉强。

"我喜欢给别人掏耳朵。奇怪吧?"庆子说,"因为喜欢,所以掏得好。待会儿给你掏掏吧?"

"……"

"一点儿风也没有。"

"是没有风,只有阳光的世界啊。"

"可不。这样的日子,一清早,在古墓前,由你抱着,会让人留下回忆的。古墓织成回忆,多不可思议呀。"

"古墓本就是为留下回忆才修的吧。"

"你的回忆一定很短暂,转眼就会消失的。"

说完,庆子一只手扶着太一郎的腿,要站起来。

"难受死了。"

"你为什么以为转眼就会消失?"

"这么蹲着太难受了。"庆子想离开,太一郎又把她抱了过去。嘴唇轻轻碰了她嘴唇一下。

"不行,不行,不行,嘴巴可不行!"

庆子厉声拒绝,使太一郎一怔。是要把嘴巴藏起来?庆子随即把脸紧紧贴在太一郎的胸脯上。太一郎去摸庆子的头发,摸到前额时,想从胸脯扳开一些,庆子却不肯。

"好痛哇!那么按我的眼睛,都要冒金星啦!"说着,庆子的脸终于抵不住太一郎的手劲儿。

庆子仍闭着眼。

"按你哪只眼睛啦?"

"右眼。"

"还痛吗?"

"好像还痛呢。眼泪没出来吧?……"

太一郎看了看庆子的右眼,眼皮上没留下什么红指印。太一郎情不自禁地俯下头,去吻庆子的右眼。

"啊!"庆子小声叫了一下,但没有撑拒。

太一郎的嘴唇,感觉到庆子长长的眼睫毛。

像碰到什么可怕的东西,太一郎挪开了。

"眼睛行吗?刚才说嘴巴不行……"

"哟,你使坏!我才不知道呢。你尽捉弄人!"庆子推了太一郎的胸脯一下,险些把他推倒,就势站了起来。白手提包掉在地上。太一郎拾起来,站起身,说:

"好大的包呀。"

"嗯,里面装着游泳衣。"

"游泳衣?……"

"不是说好了要去琵琶湖的吗?"

"……"

"右眼模模糊糊看不清呀。"

庆子从太一郎递给她的手提包里,掏出一面小镜子,照着眼睛说:

"倒还没红。"

用手指揉了揉右眼皮。发现太一郎正呆呆地瞧着自己,脸上唰地红了起来,眼睛不胜娇羞地低了下去。手指轻轻点了一下太一郎的衬衫,那里淡淡地蹭上一点庆子的口红。

"怎么办呢?"太一郎抓住庆子的手说。

"怎么办也擦不掉的。"

"不是,这个嘛,扣上外衣扣子就遮住了。我是说,咱们现在怎么办?"

"现在?……"庆子侧着美丽的脖子,"不知道。我也不知道啊。"

"下午去琵琶湖好吗?"

"这会儿几点了?"

"十点差一刻。"

"还那么早?……瞧树叶像中午似的……"庆子环顾周围的树丛,"岚山就在附近吧。夏天去岚山的人可多呢,为什么谁也不上这儿来呢?"

"即使来二尊院,能上到这儿的人,恐怕也不多吧。"

太一郎掩饰地说,心里轻松一些,用手帕擦了一把脸上的汗。

"一起去看看时雨亭的遗迹好吗?说是有三处,哪一处是真的,我倒不想调查,就连二尊院这儿的,我也没去过。这儿我以前上来过两三次,看见过路牌子……"

去时雨亭的木头指路牌,在山后的山脚下。

"还要往上爬吗?"庆子仰起头看着山说,"好吧,哪怕到山顶,我也爬。不好走就光着脚。"

在一面分开树枝一面往上走的小径上,庆子的和服拂着树枝,簌簌作响,太一郎转过身,抓住庆子的手。

路随即分成两条。

"走哪边的呢？好像左边。"太一郎说。然而，朝左走的这条路，与其说是沿着山腰走，毋宁说是走在悬崖上了。太一郎有些游移。

"太危险了。"

"我害怕！"庆子的两手抓住太一郎的右手，"穿草屐太滑，会掉下去的。朝右走吧，好吗？"

"朝右走？……我也不知时雨亭在右边还是在左边……右边倒像是上山的路。"

这条路隐蔽在树丛里。太一郎被庆子柔软的手拉着往前走。忽然庆子站住了，说：

"你让我穿着和服，在这种树丛里走吗？"

低矮的树木遮住两人的身影，对面高高挺立着三棵松树。松树之间望得见北山，北山之下匍匐着城郊。

"那是哪儿？"太一郎刚要指，庆子靠了上来。

"不知道。"

太一郎踉跄了一下。但随着庆子款款地倒下，太一郎也坐了下去。庆子给他抱着，用右手理好凌乱的下摆。

太一郎把嘴凑近她的眼睛,庆子闭上了眼帘。他又把嘴从庆子的眼睛移到她嘴上,庆子没有躲。但她却把嘴巴抿得紧紧的,不肯张开。

太一郎抚摸庆子又嫩又细的脖颈,想把手伸进领子里面去。

"不行,不行!"庆子两手抓住太一郎的手。太一郎的手虽被抓着,手掌却隔着庆子的衣服,搁在她胸脯隆起之处。庆子的手又把太一郎的那只手,从胸脯的右边移到左边。蓦地,眼睛眯起一条缝,看着太一郎。

"右边不行。我不乐意。"

"什么?"太一郎有些莫名其妙,搁在庆子左胸上的手,一下子缩回来。庆子仍旧眯着眼睛说:

"右边,我会难过的。"

"会难过?……"

"是的。"

"为什么……"

"我也不知道为什么,因为右边没有心吧。"说完,庆子羞答答地闭上眼睛,先从左胸把身子贴到太一郎的胸脯上。

"一个女孩子,没准儿哪儿会有点畸形。那点畸形要是没了,也会难过的。"

"……"

庆子在江之岛的旅馆里,不让太一郎的父亲摸她的左乳头,太一郎当然想不到。与当时相反,让做儿子的太一郎摸左边的,右边的不许摸,太一郎当然也无从知道。而庆子说,女孩子身上,没准儿哪儿会有点畸形,太一郎越发觉得她可爱而刺激。

但是,从庆子方才的话里,太一郎也听得出来,以前她让别的男人摸过她的胸脯,她的话就是明显的证据。这对太一郎倒更是个诱惑了。他稍微用了点力,满手抓着庆子的头发,吻了她。庆子的前额和脖子忽地冒出汗来。

两人走过角仓家的墓前,下了山,又去祇王寺。然后,趸回来,慢慢散步到岚山。

在吉兆饭馆吃的午饭。

"让您久等了,车来了。"女侍过来说。

太一郎险些"啊"地叫出声来,看着庆子。方才以为她是去化妆室,这才发现,原来是付账和叫车。

车进了城,快到二条城的时候,庆子突然说:

"想不到这么早就能去了。"

"去哪儿?……"

"瞧你,心不在焉的……不是说好去琵琶湖吗?"

"……"

车朝着东寺的高塔,经过七条京都站的右侧,从东寺前面驶了过去。是一条向南绕的路。路的下方,有一段是鸭川,但已不像鸭川,水势湍急。路的前方有座山,司机说:

"好像是叫牛尾山。牛尾巴的尾字。"

车从牛尾山的左面开过,又越过东山的南麓。

左面,往下看去,湖水漫然一片。

"是琵琶湖!"庆子不容争辩地说,声音透着兴奋,"我终于把你带来啦。终于……是不是?"

比起庆子的声音,湖上的帆船、汽艇、游轮之多,更引起太一郎的注意。

汽车开进大津这座古老的小城。从琵琶湖展望台向左拐，经过赛艇场，穿出湖滨小城大津的市街，然后驶入琵琶湖宾馆的林荫路。林荫路的两侧，停着成排的私家车。

庆子上车时，以及上车之后，并没告诉司机要去的地方，看来在吉兆饭馆叫车时，便吩咐过要来琵琶湖宾馆。太一郎很是惊讶。

宾馆的侍应生出来迎接，给他们开门，太一郎不得已，只好进去。

庆子没有看太一郎，径自朝服务台走去，直截了当地说：

"由岚山的吉兆代订的，叫大木……"

"是，是，知道了。"客房管理人回答说，"是住一夜吧？"

庆子未置可否，默默地退到后面，意思是叫大木在住宿人登记卡上签名。要不要用假名，太一郎心里已顾不上去考虑，何况庆子已经说出"叫大木"，所以便写上真名,和北镰仓的实际住址。而庆子那栏,只在自己的名下填上"庆子"二字。写上"庆子",太一郎感到稍微宽心一些。

侍应生拿着房间钥匙,站在电梯旁边,等候两人进去。其实不必乘电梯,房间在二层。

"房间真好……"庆子说。

是个套房,里间是卧室,外间一边是一览无余的湖水,一边可眺望与京都交界的山峦。也许是为了与桃山风格的山墙顶上封檐板相称,房间的窗外环绕着红栏杆。墙壁与窗下的裙板,粗粗的玻璃窗框与窗棂,都显得古色古香,沉稳凝重。观景的玻璃窗有整面墙那么大。

女侍很快送来热茶,随即退出房间。

庆子站在面对湖水的窗前,两手拉着白花边窗帘的一端,没有回头。

太一郎坐在长沙发的中间,望着庆子的背影。庆子没穿昨天那套和服,只有腰带还和昨天去伊丹机场接他时的一样,是画着虹的那条。

庆子背影的左侧是湖水。帆船点点，风帆都朝着一个方向。白帆居多，也有红的、蓝的和紫的。一艘艘汽艇，溅起一片水花，拖着水的尾巴，向前飞驶。

汽艇马达的声音，旅馆游泳池的人声，院子里的剪草机声，在窗口都听得见。房间里还有空调的风声。半晌，太一郎似在等庆子开口。

"庆子，喝茶吗？……"说着，自己拿起桌上的茶杯。庆子摇摇头说：

"你怎么什么也不说？为什么一声不响？你真忍心！太狠啦！"她晃着窗帘，身子也似在摇摆。"这景色，你不觉得美吗？"

"美呀。可我觉得你的背影更美，你的后颈，你的腰带……"

"在二尊院的后山，你腿上的东西，还记得吗？"

"你问我还记得吗？……方才的事？……"

"那你准是在生我的气吧？一定很惊讶是不是？非常意外对吗？我就知道。"

"惊讶倒是很惊讶。"

"我自己都很惊讶我自己嘛。说起女人的拼命劲儿，可怕得很哪。"接着，庆子放低声音说，"因为可怕，你就不肯过来是吗？"

太一郎站起来走了过去，把手搭在庆子的肩上。随着他的手，庆子乖乖地走到长沙发前，依偎着太一郎坐了下来。低眉垂目，不看太一郎。

"给我喝茶。"太一郎拿起茶杯，送到庆子面前。

"用嘴……"

太一郎愣了一下，然后含了一口热茶，一点一点地从庆子的唇间灌进去。庆子闭起眼睛，仰着头，只是用嘴吮，喉咙咽，手脚和身子哪儿都不动。

"还要……"仍是一动不动地说。太一郎又含了一口茶，送进她嘴里。

"啊，真好喝。"庆子睁开眼睛说，"这会儿就是死掉我也情愿。这茶要是毒药多好……要完了，我要完了。你也要完了，完了。"

接着，庆子说：

"转过身去！"说着，把太一郎的肩膀转过去一半，脸贴在他肩胛上,温柔地搂住太一郎,去摸他的手。太一郎拿起庆子的一只手,五个手指从小指一个一个地摩挲着,瞧着。

"对不起。我恍恍惚惚的,没想到……"庆子说,"洗个澡就好了。我给你放水吧?"

"好吧。"

"冲个淋浴也成……"

"有汗味儿吗?"

"我喜欢。这么喜欢闻的气味,在我还是头一回呢。"

"……"

"不过,你还是喜欢痛痛快快洗一下对吧?"

庆子站起来,走进卧室,太一郎听见里面浴室里放水的声音。

太一郎正看游船在旅馆旁边靠岸,庆子调好洗澡水回来。

太一郎身上在嵯峨出了汗,用肥皂好好洗了一下。

不料浴室里响起敲门声。会是庆子要进来?太一郎不禁缩起身子。

"太一郎少爷,电话,你的电话,来接一下吧……"

"电话?找我的?不可能。哪儿打来的?一定是打错了。"

"你的电话。"庆子只是这么叫他。

"奇怪。谁也不知道我在这儿啊。"

"不过,是找你的……"

太一郎不等擦干身体,披上浴衣便出了浴室。

"是找我的电话?……"满脸的狐疑。

看见两张床的枕边有电话机,太一郎正要走过去,庆子招呼说:

"在这屋。"

听筒已经摘下,放在电视机旁的茶几上。太一郎拿起来放在耳边的工夫,庆子说:

"是北镰仓府上来的。"

"什么?"太一郎的脸色变了,"怎么会?又是?……"

"令堂在接电话。"

"……"

"是我打过去的。"庆子声音透着紧张,继续说道:"我说跟太一郎少爷来到了琵琶湖宾馆。还说,他已经答应同我结婚。希望得到你们的同意。"

太一郎透不出气来,只是瞅着庆子的脸。

庆子说的这些话,母亲当然听得见。刚才太一郎进了浴室,关上卧室的门,又关了浴室的门,再加上水声,庆子打电话的声音,自是听不见。把太一郎轰进浴室,敢情是庆子的诡计啊。

"太一郎,太一郎!太一郎在吗?"太一郎紧握手里的听筒,母亲在喊。

太一郎盯着庆子,庆子也不眨眼地盯着太一郎,她的目光闪闪发亮,仿佛能射穿太一郎,美极了。

"太一郎,太一郎在不在?"

"我是太一郎,妈!"太一郎把听筒贴在耳朵上。

"太一郎,是太一郎吧?"明知是太一郎,母亲又说了一遍,压低的声音忽然高了起来,"离开……太一郎,离开她!"

"那姑娘,是个什么人,你知道吧?你应该知道,对不对？"

"……"

庆子从背后搂住太一郎的胸脯，用脸蛋拨开太一郎搁在耳边的听筒，嘴巴堵住他的耳朵眼。

"妈妈……"庆子喊了一声，然后说："庆子为什么给您打电话，您能明白吗？……"

"太一郎，你在听吗？是谁在听电话？"母亲说。

"是我呀。"

太一郎躲开庆子的嘴，把听筒按在耳朵上。

"什么话，真不要脸！太一郎在那儿，自己倒先开了腔……是她叫你打的电话吗？"母亲连珠炮似的说。"太一郎，马上回来！现在马上离开宾馆回来……她在偷听吧？听见也不怕。听见了倒好。太一郎，只要是她，你就得离开。她是个可怕的女人呀。我清楚得很，不会错的。不要再把我折磨疯了。这回，我会死掉的啊。还不单单因为她是上野音子的弟子啊。"

太一郎一方面有庆子的嘴吻在后颈上，一方面听着电话。庆子在他耳后悄悄地说：

"要不是上野先生的弟子,我还见不着太一郎少爷呢。"

"她是个害人精。我怀疑她是不是勾引过你爸。"母亲接着说。

"咦?"太一郎哼了一声,电话里几乎听不见,他想回头看庆子。庆子的嘴巴贴在太一郎的后颈上,太一郎转动脖子,庆子的脸也随着转动。太一郎寻思,一面让庆子吻着,一面听母亲的电话,这对母亲是极大的侮辱。但自己又不能挂断电话。

"等回到镰仓,再详细同您说。"

"是吗?马上回来,你不会跟她干出什么错事来吧?绝不至于要在那儿过夜吧,对不?"

"……"

"太一郎!"母亲喊道,"太一郎,你瞧瞧那个人的眼睛!再想想她说的话!她是上野音子的弟子,她会跟你说,要跟你结婚……你不想想,这是怎么一回事?你难道不认为这是害人精在害你吗?也许她平时不这样,对咱家来说,可是个害人精呀。妈最清楚了。

这可不是妈胡思乱想。你这次去京都,妈就有种不祥的预感。她果不其然。你爸也说奇怪,脸色都变了。太一郎,你要不回来,我就跟你爸两人,马上飞到京都来。"

"知道了。"

"你知道什么呀!"母亲叮嘱道:"你回来是不是?真的回来?"

"嗯。"

庆子一转身,躲进里面的卧室,关上了门。

太一郎在窗前凝立,望着湖水。一架小型飞机,大概是浏览观光吧,低低地从湖面上斜掠过去,渐飞渐远。许多汽艇,有的船头高高昂在水面上,颠簸奔驰。有的拖着水上滑板,滑板上站着女人。

游泳池里传来人声。窗下草坪上,躺着三个着游泳装的年轻女子。是故意躺在那地方的吧,好叫人从客房里看见那大胆的姿势。

"太一郎!太一郎!"庆子在卧室里喊道。太一郎一开门,见庆子穿了一件白游泳衣。太一郎不禁倒抽一口凉气,移开视线。游泳衣的白毛线仿佛看不见了,庆子那略呈小麦色的肌肤,辉然发亮。

"好美呀。"庆子朝窗边走去。穿着泳装的后背,整个露了出来。"山顶上的天空,多美!"

山顶上,空中的一道道光线,犹如金刷子用力刷过一般。

"是比睿山吧?"太一郎问。

"是比睿山呀。看着好像一柄长枪,扎进我们的命运,所以我才叫你过来。令堂的电话,怎么办……"庆子转过身,看着太一郎,"我倒希望令堂来这儿,令尊也来……"

"胡说什么!"

"真的呀!我是说的真话。"

庆子猛地扑在太一郎身上。

"你来呀!我要下水。下到冰凉的水里去。好吗?你不是答应过的吗?你还答应坐汽艇的嘛。去伊丹接你时不就说好了吗?"庆子靠着太一郎,像倒在他身上似的。

"你要回去？就凭令堂一个电话，便要回镰仓去？那会走两岔的。因为他们两位准会上这儿来……也许令尊不愿意来，但令堂会逼着他来的。"

"你有没有勾引过家父？"

"勾引？……"庆子把脸贴在太一郎的胸脯上，摇着头，"那我勾引你了吗？勾引了没有？"

太一郎的手臂搂着庆子赤裸的后背，说，

"不是说我，是家父。别打岔……"

"你才别打岔呢……我勾引你了吗？我在问你呢。你是不是以为只是我在勾引你？"

"……"

"自己怀里抱着女孩子，却问她勾引过他父亲没有，天底下竟有这种男人！有哪个女孩儿会遇到这种叫人心碎的事？"庆子哭了，"你要我怎么回答你？我，不如在湖里淹死算了……"

太一郎搂着庆子颤抖的肩膀，手碰到游泳衣的背带，把背带拉了下来。一边的乳房露出半个。另一边的背带也拉下来了。庆子挺起裸露的胸脯，晃了一下。

"不，右边的不行！饶了我，右边的，饶了我吧……"

庆子闭上泪眼，不停地说。

用一条大浴巾裹着胸背，庆子走出浴室。太一郎也随她从大厅的一侧来到院子里。眼前一棵高高的树上正开着白花，像是芙蓉。太一郎只脱掉外衣，摘下了领带。

来到面朝湖水的院子，左右两侧都是游泳池。右边一个在草坪中间，里面有很多孩子。左边一个在草坪边上，地势稍高。

在左边游泳池入口处的栅栏旁，太一郎站住了。

"你不进来吗？"

"不，我等你。"庆子的身体颇引人注目，与她做伴不免感到难为情，有些逡巡不前。

"是吗？我只想稍微泡一下。今年这还是头一回，看看我能不能游得好。"庆子说。

湖边的草坪上，一棵垂柳，一株垂樱，间隔着种了一排。

太一郎坐在一棵老槠叶树下的长椅上，望着游泳池。没有找到庆子,但过了一会儿,只见站在跳台上的,竟是她。跳台不高,庆子摆好姿势准备要跳,她身后是琵琶湖的水面,水的对岸是远山,衬托出她那健美的身影。远山笼罩着雾霭。水色渐浓的湖面上,若有若无,好似荡漾着一抹淡淡的桃花。不久,小船上的风帆,也染上一片静静的暮色。庆子跳了下去,溅起一片水花。

庆子从游泳池出来,租了一艘汽艇,来叫太一郎。

"天快黑了,明天再来好不好?"太一郎说。

"明天?……你说明天?"庆子的眼睛炯炯有光,"你肯待到明天吗?你真打算留下来?……明天……谁知道怎么样?你说是不是?怎么样,只有一点,你得遵守诺言……就乘到那里,立即回来。在那片刻,我想跟太一郎离开陆地,漂在水面上。一往无前,穿过命运的波浪,沉浮于波浪之间。明天不知身在何处呢。唯有今朝。"庆子拽住太一郎的手,"不是还有那么多汽艇和小船吗?"

大约三小时之后。

上野音子从收音机的新闻里,听到琵琶湖上汽艇出了事故。驱车赶到旅馆时,庆子已给安置在床上了。

从收音机的新闻里,音子已经知道,庆子被救上了小船。音子一面进卧室,一面朝像是护理庆子的女侍问:

"是没苏醒过来?还是正在睡着?要不要紧?"

"啊,打了一针镇静剂,让她睡了。"女侍回答说。

"镇静剂……这么说已经救过来了?"

"是的。大夫说不用担心了。小船给送到岸上的时候,就像死过去一样。给她把水吐掉,做了人工呼吸,就缓过气来了。她喊着同伴的名字,像发疯似的闹腾……"

"她那个同伴怎么样了?"

"还没找到。正在尽全力寻找呢。"

"还没找到?……"音子的声音发颤了,退到面朝湖水的窗边,向外望去。夜空下,旅馆左面那一大片辽阔的水面上,灯火通明的汽艇,正匆忙地四处游弋。

"除了我们的汽艇，附近的汽艇全出动了。连警察的船也开出来了。岸上大概还点了篝火吧。"女侍说。

"恐怕是没救了……"

音子抓住了窗帘。

任凭那灯光摇曳不定的汽艇穿行移动，有的游船点缀着一溜红灯，径自悠悠然向旅馆的岸边靠近。湖对岸，焰火腾空而起。

音子一觉出两腿在抖，从肩膀到胸口竟也战栗起来。游船上的装饰灯，在眼里直晃，身子也好像在摇晃。她站稳脚跟，转过身。卧室的门开着，便把目光投向庆子的床上，浑然忘记自己是刚从那间卧室走出来的，急忙又奔向庆子的枕边。

庆子静静地睡着，呼吸平稳。

音子反而有点不安，问道："就这么让她一直睡着？"

"是的。"女侍点头答道。

"几时能醒呢？"

"我也不知道。"

音子摸了摸庆子的额头，额上有点潮乎乎的冷汗，沾在音子的手掌上。脸上剧白,没有血色。脸蛋儿倒隐隐透出一点红晕。

水里浸湿的头发,大概随便地擦了擦,蓬乱地散在枕头上。那么黑,好像还是湿的。嘴唇缝里,露出整齐的牙齿。两臂伸开,放在毛毯里面。庆子仰面睡着,那张娇憨的睡脸,打动了音子的心。她的睡脸,似在向音子、向生命告别。

音子伸出手,正要把庆子推醒,听见隔壁有敲门声。

"唉!"女侍出去开门。

大木年雄和他太太文子走进房间。一碰到音子的目光,大木便站住不动了。

"是上野,上野小姐吧?"文子说,"是你吧?"

音子与文子是头一回见面。

"让她杀死太一郎的,是你吧?"文子静静地说,声音几乎不带一点感情。

音子只是嘴唇动了动,没有出声,一只手扒在庆子的床上,撑着身体。文子走了过来,音子缩起肩膀,好像躲着她似的。

文子两手放在庆子的胸上，一边摇晃一边喊道："起来！起来！"文子手的动作越来越粗暴，庆子的头也随着来回摇动。

"还不起来？还不起来？"

"给她吃了药睡的……"音子说，"不会醒的。"

"我有事要问她，与我儿子性命攸关的大事。"文子还想把庆子摇醒。

"回头再问吧。很多人都在帮咱们找太一郎呢。"说完，大木紧搂着文子的肩膀，走出了房间。

音子痛苦地喘着气，倒在床上，凝视着庆子的睡脸。泪珠从庆子的眼角流了出来。

"庆子！"

庆子张开眼睛，泪光闪闪，仰望着音子。

（一九六一年——一九六三年）